plus de morts que de vivants

Du même auteur au Rouergue

Cité Nique-le-Ciel - 1998, roman doado.
Chassé croisé - 1999, roman doado.
Les chiens écrasés - 1999, roman doado.
Coup de sabre - 2000, roman doado.
Dernier western - 2001, roman la brune.
Apache - 2002, roman doado.
Arrête ton cinéma - 2003, Zig Zag (ill. Henri Meunier).
Arc-en-fiel - 2004, album (ill. Goele Dewanckel).
Couscous clan - 2004, roman doado.
Ma rue - 2004, album (ill. Anne Von Karstedt).
Manga - 2005, roman doado.
Je mourrai pas gibier - 2006, roman doado Noir.
La brigade de l'œil - 2007, roman doado Noir.
Raspoutine - 2008, album (ill. Marc Daniau).
Le Contour de toutes les peurs - 2008, roman doado Noir.
Déroute sauvage - 2009, roman doado Noir.
Sans la télé - 2010, roman doado.
Anka - 2012, roman doado.
Baignade surveillée - 2014, la brune.

Né en 1972 à Bordeaux, **Guillaume Guéraud** vit à Pézenas.

Photographie de couverture : © **Benjamin Béchet/picturetank**

www.lerouergue.com

doado
noir

Guillaume Guéraud

plus de morts que de vivants

rouergue

L'auteur remercie
l'association « Vers d'autres horizons »
et ECLA Aquitaine pour sa résidence
au Chalet Mauriac à Saint-Symphorien (33)
où il a terminé l'écriture de ce carnage.

Merci à
Chris Marker pour le fond de l'air,
Panique dans la rue *(1950) de Elia Kazan,*
Frissons *(1975) de David Cronenberg,*
Le Pont de Cassandra *(1977) de George P. Cosmatos,*
Infectés *(2009) de Alex et David Pastor*
et The Crazies *(2010) de Breck Eisner pour l'infection,*
Eugénie Duffort pour la gestion des secours,
et Jo pour les soins vitaux.

chapitre 1

Aucune menace dans l'air. Juste le froid coupant de février. Qui glaçait les mains. Qui gelait les oreilles jusqu'à les rendre cassantes. Et qui tailladait les poumons à chaque inspiration.

Matt remonta le col de son blouson. Il avait oublié son écharpe. Il avait oublié ses gants. Il avait oublié son devoir de maths et son carnet de correspondance.

– Comme on se les pèle ! vociféra Nino en le rattrapant à l'angle de la rue.

Ils se serrèrent la main. Trop vivement. Leurs doigts rouges et secs faillirent se briser net.

De la buée leur sortait de la bouche. Aussi compacte que du blizzard.

– Ça va ?

– Ouais. Mais j'ai carrément cru que j'allais crever !

Nino sortait de la grippe. Cloué au lit quarante-huit heures. Avec l'impression qu'on lui jetait des plaques de fonte sur tout le corps. Que son drap était un camion qui lui roulait dessus. Que le plafond de sa chambre se refermait sur lui comme le couvercle d'un sarcophage garni de pointes.

Ils traversèrent la rue surchargée de bagnoles. Entre les gaz d'échappement et les coups de klaxon. Apercevant les visages de quelques conducteurs aussi mal réveillés qu'eux derrière les pare-brise.

– Et toi ?

– Ça ira mieux ce soir… sourit Matt.

Parce que ce soir, enfin les vacances, la glandouille, les cordes de sa guitare à chatouiller et la dernière saison de *Dexter* à mater tranquille.

– Et Charlotte ? fit Nino. Elle est où ?

Charlotte et Matt se rendaient habituellement ensemble au collège. Et ils ne se quittaient pas d'un pouce jusqu'au soir. Sauf qu'elle n'était pas là ce matin.

Nino avait peut-être raté un épisode :

– Vous vous êtes embrouillés ? Elle t'a laissé tomber comme une merde ?

– Arrête tes conneries, espèce de mytho, elle est pliée en deux au fond de son lit ou au-dessus de ses toilettes…

Matt sortait avec Charlotte depuis plusieurs mois. Depuis la soirée que Nino avait organisée en novembre. Mais elle était malade depuis hier.

– Qu'est-ce qu'elle a ?

– La gastro. Tu veux des détails ? Elle vomit des grumeaux et elle chie de l'eau !

L'épidémie était apparue en début de semaine. Retournant les estomacs sans prévenir. Alors que la vague de grippe commençait juste à refluer.

– Trop romantique ! s'esclaffa Nino. Merde alors, t'as pas intérêt à l'embrasser !

– Je crois pas que ça s'attrape avec la langue…

– Même si tu lui lèches le cul ?

– Pauvre con !

Des élèves patientaient devant les grilles du collège. À fumer. À se la jouer « on assure » et « on vous emmerde ». À traîner des pieds comme si ça pouvait retarder l'heure de la sonnerie.

Essentiellement des 3èmes comme eux. Toujours les mêmes. Jordan. Youri. Le petit Léo. Et des 4èmes. Kévin. Tom et Loris. Manquait que Slimane pour que cette bande de branleurs soit au complet.

Matt et Nino les saluèrent mollement d'un signe de tête et pénétrèrent dans la cour.

Il ne faisait pas meilleur de l'autre côté du portail. Du givre recouvrait le sol. Des milliers de paillettes sur le béton. Des reflets de verre sur les montants des cages de hand. Et comme une couche de laque vitrifiée sur le métal rouillé des bancs.

Pas un souffle de vent mais le froid était partout. Dense et incisif. Aussi dur que les arêtes d'un bloc de glace.

Nino repéra Cess près du muret qui séparait la cour et le parking. Ses longs cheveux bruns. Ses yeux noirs. Ses mouvements fluides.

Un petit cercle s'était formé autour d'elle. Observant ses enchaînements. Flexions et extensions. Pliés et jetés. Ses épaules qui ondulaient et ses bras qui naviguaient. Même ceux qui la traitaient de « Chinetoque » étaient scotchés par ses mouvements.

– À quoi elle joue ? demanda Nino.

– On donne une repré demain soir au conservatoire… lui dit Julie.

Cess et Julie prenaient des cours de danse ensemble six heures par semaine. Elles savaient faire le grand écart et lever les jambes bien plus haut que leur tête.

– Je m'entraîne pour pas rouiller avec ce froid ! expliqua Cess. Je veux pas ressembler demain à un pingouin patinant sur la banquise !

Julie sourit :

– Ouais, t'as raison, vaut mieux que tu te ridiculises toute seule ce matin au collège devant un public qui paye pas sa place.

Blonde, les cheveux courts, les yeux bleus, grande et fine. Julie était physiquement tout le contraire de Cess. Mais « les deux font la paire ! » commentaient régulièrement les profs. Parce qu'elles passaient leur temps à rigoler et à chahuter ensemble.

Tout le monde trouvait Julie belle *et* marrante. Tout le monde ne trouvait Cess *que* marrante. À part Nino.

– La valse des pingouins ! lança Fab à ceux qui étaient rassemblés là. Demain soir à 20 h 30 au conservatoire de danse !

Il cligna d'un œil vers elles :

– Je fais bien votre promo ?

– C'est ta connerie qui est en promo, on dirait ! lui renvoya Cess. Et c'est dans ton cul que valsent les pingouins !

Ça fit marrer tout le monde. Même Fab.

Fab, le copain de Julie, qui faisait de l'escalade en club avec Matt. Matt qui maîtrisait la guitare et qui sortait avec Charlotte. Charlotte la meilleure amie de Cess et de Julie. Julie qui dansait avec Cess. Cess qui pratiquait aussi l'escalade avec Matt et Fab.

Et Nino. Nul en danse, nul en guitare, nul en escalade. Nino qui trouvait Cess *plus que* belle. Quand elle riait. Ou quand elle souriait seulement. Même quand elle avait les lèvres bleuies par le froid comme maintenant. Ou même quand elle était de dos assise plusieurs rangées devant lui en classe. Et quand elle dansait.

Il l'avait déjà vue sur scène avec Julie. Pendant les vacances de Noël. Et ça lui avait plu. Il n'avait rien compris mais ça lui avait plu.

– Je viendrai… il assura.

– Pas moi ! se vanta Fab. J'ai mieux à faire pendant les vacances !

Mais ce gros malin suivrait forcément Julie parce que, comme disait Cess, « il se chie dessus dès qu'il ne la voit plus ».

Nino frissonna. Pas de froid. Juste à cause des lèvres de Cess. Quand elles se posèrent sur ses joues pour le saluer. « Ça va Nino ? » Le cœur de Nino en surmultiplié. Les joues soudain brûlantes. Contre les lèvres de Cess. Ses lèvres douces. Et bleues. Et leur contour vert. À cause du froid.

– Qu'est-ce que tu regardes ? elle le bouscula.

– Tes lèvres, merde, c'est bizarre…

– Quoi ?

– Elles sont vertes et bleues, on dirait un zombi.

Voilà le seul genre de compliment qu'il était capable de faire, merde, il aurait pu se rattraper en avouant qu'il regardait ses lèvres juste parce qu'il avait peur de la regarder dans les yeux, parce qu'il avait peur qu'elle lise dans les siens, parce qu'il avait peur qu'elle se foute de lui, voilà, même si la peur n'avait rien à voir avec ça, la peur au sens propre, dans tout ce qu'elle a d'effroyable, il ne la connaissait pas encore, la véritable peur, pas la crainte ridicule qui retenait un garçon de sortir avec une fille, mais la peur qui hérisse les chairs et qui broie les os, il la découvrirait plus tard et il se rendrait alors compte que celle-là ne valait rien, mais tout ça il l'ignorait encore, alors il ne dit rien, juste parce qu'il était trop timide ou trop con.

– Toujours aussi sympa ! remarqua Cess.

Et elle qui envoyait bouler tout le monde n'osait jamais le remettre à sa place, ça signifiait bien quelque chose, c'était évident, mais visiblement pas pour lui, juste bon à déconner, à peine capable de la frôler, comme si les lèvres de Cess cachaient un quelconque danger, alors qu'il n'y avait rien d'inquiétant dans ses lèvres bleues, de simples stigmates anodins, une banale réaction épidermique au froid, le danger, le vrai, celui qui fige et qui accélère tout, celui qui déchausse les dents, qui charrie des tombereaux de sueur et de tremblements, le réel danger, avec tout ce qu'il saccage et tout ce qu'il écrase, viendrait plus tard, même si personne ne l'envisageait.

Cess tira un stick de *Dermophil indien* de sa poche et se le passa sur les lèvres.

Nino regarda ailleurs. Il aperçut Mlle Heatherbarrow traverser la cour. La prof d'anglais qu'il surnommait « Suce-mon-barreau ». Enceinte jusqu'aux yeux. Personne ne pouvait la manquer.

La plupart des élèves s'étaient réfugiés sous le préau. À sauter d'un pied sur l'autre pour tenter de se réchauffer. Un pied ici et l'autre déjà en vacances. À se raconter le tas de trucs qu'ils allaient faire dès demain. La tête déjà sur les pistes de ski ou ailleurs, alors que leur journée de classe n'avait même pas commencé, comme si ce dernier jour ne comptait pas ou ne leur servait à rien de plus que prendre leur élan.

Rien de palpable. Juste les nappes de buée provoquées par la cacophonie. Si épaisses qu'on aurait presque pu les toucher. Rien de plus.

Deux ou trois résidus de grippe, peut-être. Et quelques symptômes de gastro, ici et là. Mais rien de surprenant. Rien de flagrant.

Aucune raison de s'affoler. Aucune raison de craindre quoi que ce fût.

Et pas l'ombre d'un présage, pas de manifestation étrange, pas la moindre trace de phénomène annonciateur ou prophétique, comme on peut parfois en entendre dans les histoires ou en voir dans les films, un amoncellement inattendu de nuages noirs par exemple, ou les cloches des églises alentour qui sonnent à toute volée, tous les chiens de la ville qui se mettent à hurler sans raison à l'unisson, ou encore d'inexplicables nuées d'oiseaux qui traversent le ciel, non, rien de tout ça.

Aucune raison d'envisager le pire.

Il y eut pourtant trois signes avant-coureurs, dès 8 heures. Trois détails. Pas vraiment clairs et évidents. Mais pas insignifiants non plus.

Corentin, un garçon de 6ème, saigna du nez. Presque rien. Un mince filet de sang. Au niveau de sa narine droite. C'était la première fois que ça lui arrivait. C'était la première fois que ça lui arrivait mais il ne paniqua pas. Il pencha la tête en arrière et se colla un morceau de Kleenex dans la narine.

Yasmine, une fille de 5ème, se passa la main dans les cheveux et, quand elle la retira, une mèche lui resta entre les doigts. Une mèche de beaux cheveux brillants. Elle se serait certainement affolée si elle s'en était aperçue. Mais elle ne remarqua rien. Trop de monde et trop d'agitation. Elle souleva son cartable et sa mèche de cheveux tomba sur le sol sans que personne n'y prête attention.

Et Fab, le roi de l'escalade, le balèze et grand Fab, sentit son poignet gauche le démanger. Il se gratta par-dessus la manche de sa polaire. Ça ne le soulagea pas. Il souleva sa manche et examina son poignet. Un minuscule bouton rouge. Il le gratta doucement. Avec l'ongle de son index droit. Trois minuscules boutons rouges. Il gratta encore. Huit minuscules boutons rouges. Merde, il se dit, c'est quoi ce nouveau truc ? Fab avait l'habitude de choper des allergies. Avec des éléments aussi variés que le pollen, les poils de chat ou les fruits de mer. Il rabaissa sa manche et laissa filer.

Quelques boutons. Une mèche de cheveux. Un mince filet de sang.

Rien d'alarmant.

Personne ne s'en rendit même compte.

Normal.

Ça se bousculait. Julie riait. Ça vannait. Matt envoyait un texto à Charlotte. Ça fusait. Cess méditait dans son coin. Ça délirait. Nino regardait Cess du coin de l'œil. Ça trépignait.

Et la sonnerie retentit avec le même timbre que d'habitude.

Vendredi 17 février – 8 heures

Les titres du journal de France Info :

Le froid a fait trois nouvelles victimes cette nuit en France, trois sans-abri morts d'hypothermie, à Paris, à Lyon et à Orléans. Services d'accueil et centres d'hébergement dépassés, Croix-Rouge et Urgences médicales débordées, le président de la Fondation Abbé Pierre en appelle à la solidarité et à la générosité de tous, vous l'entendrez dans ce journal.

Le froid, la neige et le verglas, qui paralysent maintenant depuis six jours la capitale, qui ralentissent les transports, qui gèlent toute une partie de l'économie, obligent également le gouvernement à revoir ses prévisions de croissance à la baisse.

Mais le froid et la neige ne font pas le malheur de tous. Le taux d'enneigement des stations de sports d'hiver n'a jamais été aussi haut depuis vingt-cinq ans. Et, dès ce soir, les scolaires de la zone B pourront en profiter car ils seront en vacances.

Le froid, le froid, et encore le froid, mais plus pour longtemps car, à la fin de ce journal, Jacques Kessler de Météo France nous annoncera enfin une amélioration des températures pour demain.

Vendredi 17 février - 8 heures
SMS de Matt à Charlotte :

Je me les gèle :-(
et tu me manques ;-)
Bizzz

chapitre 2

La ruée dans les escaliers et la foire dans les couloirs.

Lila fit gaffe à ses pieds. Lila s'accrocha à la rampe. Lila longea les murs avec précaution.

Dans le bâtiment A bondé et surchauffé. Lila en sueur. Trois couches de vêtements plus un manteau et une écharpe pour supporter le froid de l'extérieur. Alors qu'un tee-shirt à manches courtes suffisait à l'intérieur. Il y avait un problème de réglage. Le chauffage du bâtiment A était constamment à bloc.

Lila aurait dû enlever son manteau. Mais c'était trop compliqué. Par manque de temps. Par manque de place. Ou par flemme. Et puis Lila perdait tout. Ses gants la semaine dernière. Son bonnet il y a trois jours. « T'es plus à la maternelle, bon sang, t'es en 6ème ! » s'était énervé son père. Et sa mère avait refusé de lui laisser toucher l'ordi mercredi après-midi : « Tu consulteras Internet quand tu sauras te concentrer sur tes affaires ! » « On me les a volées » elle s'était défendue. Tu parles. Elle les avait lâchées dans les escaliers ou quelque part dans le hall et elle les avait oubliées.

Dans la cohue.

Ne pas suffoquer et éviter de se faire bousculer.

Elle passa en revue son emploi du temps. Anglais de 8 à 9. Histoire-géo de 9 à 10. Puis rien de 10 à 11 parce que le prof de maths était absent. Et arts plastiques de 11 à 12. Une matinée plutôt tranquille en perspective.

Suivre sagement la file de sa classe.

Lila regrettait parfois l'école primaire. Plus proche. Plus petite. Et plus calme. Les élèves du collège lui faisaient penser à un troupeau de gorets.

Se méfier surtout des 4èmes. Qui faisaient constamment les malins. Qui méprisaient les 6èmes et les 5èmes. Qui se prenaient pour des grands. Pas encore aussi grands que les 3èmes. Mais bien plus excités et bien plus cons.

Les 3èmes marmonnaient entre eux la plupart du temps. Les 4èmes ne marmonnaient pas. Les 4èmes gueulaient-meuglaient-beuglaient en permanence. « Mytho ! » « Suce ma bite ! » « Ta mère ! » « Je te défonce ! » Les mecs de 4ème se traitaient de « grosse pute ! » entre eux et ça les faisait marrer.

Un pion les chopait quelquefois. Entre deux portes. Sur un palier. Au détour d'un couloir. Ça les freinait un peu. Un instant. Mais ils repartaient de plus belle. Se précipitant dans le tas en vociférant encore plus fort. Sauf quand Jamel traînait dans le secteur. Ils baissaient alors la tête sans la ramener. Jamel était le seul pion qui foutait la trouille aux 4èmes. Et à tous les autres élèves.

Lila récita dans sa tête le portrait qu'elle avait préparé en anglais : « My favorite hero is Jason Bourne. I saw him in three movies : *The Bourne identity*, *The*

Bourne supremacy and *The Bourne ultimatum*. He lost his memory but he's tall and very strong… »

Jusqu'au deuxième étage. Salle 214. Cours avec Mlle Heatherbarrow. La prof au nom imprononçable. Qui les assommait de boulot. Mais qui était enceinte et qui disparaîtrait bientôt en congé maternité alors il n'y aurait plus à s'en faire.

Lila salua ses camarades. Karim. Chloé. Et Zak.

Ils pénétrèrent dans la classe et se débarrassèrent enfin de leurs affaires.

– Hurry up !

Il leur fallait toujours cinq bonnes minutes en hiver pour ôter leurs manteaux, s'installer, déballer le matériel de leurs cartables et être enfin prêts à attaquer l'heure.

– Quick ! Why are you slower taking your jackets off at the beginning of the class than putting them back on at the end ? That will always be a great mistery !

Mlle Heatherbarrow ne s'exprimait jamais en français. « Because I want to hammer English into your brains ! » elle disait.

Lila s'exécuta. As fast as she could. C'était la prof qu'elle craignait le plus alors elle lui obéissait au doigt et à l'œil.

– Who wants to describe their favorite hero ?

Lila leva le doigt. Rémi leva le doigt. Zak leva le doigt.

– Yes, Lila, come to the board, please !

Zak marmonna. Une remarque contre la prof qui interrogeait toujours les mêmes. Tant pis. Il regarda les yeux clairs de Lila devant le tableau. Ses cheveux blonds et bouclés. Et le vernis rose sur ses ongles. Sans l'écouter.

Son héros préféré à lui était Homer Simpson et il comptait bien le présenter en imitant sa voix pour faire marrer tout le monde.

Zak faisait partie des agités lorsqu'il était à l'école primaire. « Bon élève mais turbulent » sur ses bulletins scolaires de CM2. Sauf que sa rentrée au collège l'avait un peu calmé. À cause du nombre de cinglés et de la taille des plus méchants.

– Very good, Lila, your hero seems to be very attractive ! Who's next ?

Rémi leva le doigt. Zak leva le doigt. Corentin leva le doigt.

Ça alors, incroyable, Corentin qui levait le doigt, ça devait être la première fois. Corentin, vautré dans le fond de la classe, des moyennes entre 2 et 5 dans toutes les matières. Corentin-le-crétin, inoffensif et même plutôt gentil, mais carrément demeuré.

Sauf que Mlle Heatherbarrow ne fit pas attention à lui :

– Allright, Rémi, your turn !

Corentin garda la main levée. Pas pour passer au tableau, non, juste parce qu'il saignait du nez. Le morceau de mouchoir en papier qu'il avait fourré dans sa narine droite ne suffisait plus à étancher, le sang avait tout imbibé, il avait beau presser son pouce dessus, ça ne servait à rien et, maintenant, même sa narine gauche coulait, pas à grands flots, non, juste un filet, mais un filet régulier et ininterrompu qui commençait à l'inquiéter.

– Madame ! il appela.

Tous les élèves tressaillirent car Mlle Heatherbarrow n'acceptait pas le moindre mot de français pendant ses cours. Elle punissait toujours ceux qui en prononçaient. Les obligeant à les recopier cent fois en anglais. La veille, par exemple, Karim avait dû aligner cent « sorry » parce qu'il avait simplement dit « pardon ». Alors pas de « Madame », ni même de « Mademoiselle », mais « Miss Heatherbarrow ». Et comme elle ne supportait pas que les élèves écorchent son nom, rares étaient ceux qui s'y risquaient, la plupart se contentaient d'agiter la main.

– Je saigne du nez… s'excusa presque Corentin.

Elle le fusilla du regard mais, vu les gouttes de sang et vu l'urgence qu'exigeait la situation, elle ne se formalisa pas :

– Oh ? Your nose is bleeding !

Elle fouilla rapidement dans son sac et en tira un mouchoir propre :

– Don't worry, Corentin, take this handkerchief and put your head back down…

Agitant le mouchoir quand elle appuya sur le mot « handkerchief » et penchant elle-même la tête en arrière pour imiter ce qu'elle disait car Corentin ne captait strictement que dalle en anglais.

Tous les visages se tournèrent vers le dernier rang pour mater la scène. Intrigués par cette interruption inhabituelle. Zak et Lila déjà dans les starting-blocks car ils étaient délégués de la classe.

Corentin s'essuya le nez et la lèvre supérieure. Il fourra le mouchoir contre ses narines. Il renversa la tête et attendit. Les yeux au plafond. Se demandant ce qui lui arrivait. Bien qu'il n'ait mal nulle part.

– How do you feel ? articula la prof. Are you okay ?

« Yes » et « no » étaient sûrement les deux seuls mots que Corentin connaissait en anglais mais il ne répondit pas. Il ne dit rien. La tête en arrière. Il sentait le sang refluer à l'intérieur de ses narines. Les coulées gagnant le fond de ses fosses nasales. Et le goût du sang dans sa gorge. Comme un goût de rouille. Il faillit s'étrangler en inspirant. Il hoqueta et éternua. Projetant un caillot rouge vif sur son cahier. Il éternua de nouveau et éclaboussa de sang son bureau et sa trousse et le dos du pull de Chloé juste devant lui.

– Zak ! bondit Mlle Heatherbarrow. Accompagne vite Corentin à l'infirmerie s'il te plaît !

À croire que c'était préoccupant vu que même elle en perdait son anglais.

Zak empoigna le bras de Corentin et l'entraîna hors de la salle 214. Trop content de se tirer de là. Trop content d'avoir une mission à accomplir. Trop content d'avoir un tas de trucs à raconter après.

Le couloir était désert. Les escaliers aussi. Normal. Tout le monde était en cours. Pas un chat. Et pas un bruit. Ils purent même entendre résonner leurs pas en traversant le hall.

Corentin tenait le mouchoir de Mlle Heatherbarrow contre ses narines mais ça coulait-ruisselait-dégoulinait. Balisant involontairement leur parcours de gouttes de sang. Ça giclait sur le sol. Il ne mettait pas la tête en arrière par crainte de ne plus pouvoir respirer. Il se penchait au contraire en avant. Les yeux écarquillés sur les impacts de son sang par terre.

– Merde ! réagit Zak. Qu'est-ce qui t'arrive ?

– Si tu crois que je le sais…

Ça pissait le sang maintenant. Sur ses doigts. Son sang luisant. Le long de son cou. Son sang chaud et visqueux. Imprégnant tout le devant de sa polaire. Son sang vif et fulgurant. En cascades de plus en plus impressionnantes. Tout son sang semblait vouloir jaillir hors de son corps par ses narines.

Et la porte de l'infirmerie était fermée.

Zak réfléchit. Vite. Zak improvisa. Vite et bien.

Traverser le hall dans l'autre sens. Vers le bureau de la CPE.

– Que faites-vous ici ? les arrêta la voix forte de Jamel.

Le pion hallucina en découvrant le visage ensanglanté de Corentin. Il recula même d'un pas. Surpris et déstabilisé.

Des cris résonnèrent quelque part. Des cris ou des pleurs. Une des portes coupe-feu qui donnait sur le hall claqua. Et les cris surgirent de plein fouet dans le hall. Les cris et les pleurs. Et Jamel et Zak et Corentin immobiles. Malgré les cascades de sang. Immobiles devant le visage méconnaissable de Yasmine qui venait de franchir la porte du hall.

Ils ne la reconnurent pas immédiatement. Parce que son visage était gris. Parce que sa chevelure avait pratiquement disparu. Parce que la peau de son crâne apparaissait comme une zone sinistrée dans le froid bleuté de l'hiver.

Yasmine. Une élève de 5ème C. Une belle fille sur laquelle un tas de garçons fantasmaient. La peau cuivrée. Les cheveux brillants. Gracieuse et élégante. Qui semblait marcher sur un nuage quand elle se déplaçait. Tout le monde la surnommait « la princesse égyptienne ». Ou « Cléopâtre ».

Ils la reconnurent grâce aux baskets mauves qu'elle portait souvent. Et grâce à M. Malejac qui la soutenait par les épaules et qui leur annonça désemparé :

– Yasmine a un problème !

Elle avait ouvert son cahier de français en salle 117 et deux mèches de cheveux étaient tombées entre ses pages. Elle avait tressailli. Elle avait passé les mains dans sa chevelure et des poignées de mèches s'en étaient aussitôt détachées. Elle avait tressailli et hurlé. Des masses de cheveux déracinés s'effondrant sans discontinuer autour d'elle. Comme des feuilles mortes. Par touffes épaisses et par plaques entières. Son cuir chevelu dévasté en quelques secondes. Elle avait tressailli et hurlé et pleuré.

Des élèves avaient rigolé. Mais pas M. Malejac. Le prof de français s'était précipité pour la conduire en bas.

Au milieu du hall. Yasmine en pleine crise de nerfs. À tressaillir-hurler-pleurer. Une grosse veine verte enflant démesurément sur son front. La peau nue de son crâne violacée.

Et le sang de Corentin qui formait une flaque en même temps.

– On va directement aller voir le Principal... décida Jamel.

Il ne frappa même pas à la porte du bureau de M. Brieu. Il l'ouvrit à la volée et balança une rafale de mots pleins d'urgence, des mots comme « vite », « grave », « SAMU » et « peur ». Pendant que Corentin et Yasmine s'effondraient sur les fauteuils devant le bureau. Yasmine livide. Dont le blanc des yeux vira au jaune. Dont la peau du crâne se fendilla au sommet du front. Corentin couvert de sang. Même si ce n'était plus du sang qui lui sortait du nez. Mais de la bouillie. Des matières spongieuses de plus en plus sombres. Et des débris d'os. Tandis que M. Malejac se prenait la tête entre les mains. Et que Zak entendait ses propres dents claquer.

Vendredi 17 février - 8 h 24

Échange téléphonique entre M. Brieu et le SAMU :

SAMU : *Urgences médicales, je vous écoute…*

M. B. : *Bonjour madame, je suis le Principal du collège Rosa Parks, je vous appelle car deux élèves de mon établissement sont dans un état extrêmement préoccupant, il faudrait que vous interveniez le plus rapidement possible.*

SAMU : *« État préoccupant »… Vous pouvez préciser ? Ils sont malades ? Ils sont blessés ? Ils sont inconscients ?*

M. B. : *Aucune idée… L'un d'entre eux saigne abondamment… Et l'autre a perdu tous ses cheveux… Je ne peux pas vous communiquer de diagnostic plus précis. D'autant plus que l'infirmière de notre collège est absente car elle est rattachée à une école primaire le vendredi. Mais ça me semble être assez grave et très inquiétant.*

SAMU : *Bien monsieur, j'alerte une équipe, un camion arrivera d'ici quelques minutes.*

Vendredi 17 février - 8 h 31

Message de M. Brieu sur la boîte vocale de Mme Servant :

« Bonjour Mme Servant, je suis le Principal du collège Rosa Parks, je vous appelle pour vous signaler que votre fils Corentin a visiblement un petit souci de santé ce matin, je viens de prévenir les Urgences médicales, je ne sais pas encore de quoi il s'agit mais je me dois de vous en faire part… Voilà… Merci de me contacter au plus vite dès que vous aurez pris connaissance de ce message. »

Vendredi 17 février - 8 h 33

Échange téléphonique entre M. Brieu et Mme Abdallah :

M. B. : *Madame Abdallah ?*

Mme A. : *Oui.*

M. B. : *Bonjour madame, excusez-moi de vous déranger, je suis le Principal du collège Rosa Parks…*

Mme A. : *Le collège Rosa Parks ?*

M. B. : *Oui madame, le collège dans lequel votre fille Yasmine est en 5ème…*

Mme A. : *Oui.*

M. B. : *Je vous appelle pour vous signaler que Yasmine a eu un petit problème ce matin, un petit problème de santé, je crois que…*

Mme A. : *Est-ce qu'elle va bien ?*

M. B. : *Je ne sais pas encore de quoi il s'agit car notre infirmière est absente mais, par précaution et pour éviter le moindre souci, j'ai alerté les Urgences médicales, qui vont venir l'examiner…*

Mme A. : *Les Urgences médicales ?*

M. B. : *Oui madame.*

Mme A. : *C'est grave ?*

M. B. : *Je ne sais pas, madame, mais je prends soin de vous appeler car j'ai le devoir de vous le signaler. Vous pouvez évidemment venir la voir si vous le désirez. Les urgences vont arriver d'ici quelques minutes et…*

Mme A. : Est-ce que c'est grave ?

M. B. : Aucune idée, madame, mais il serait préférable que vous veniez…

Mme A. : Je ne peux pas venir. Je suis au travail. Qu'est-ce qu'elle a ? Je ne peux pas quitter mon travail comme ça. Est-ce que c'est grave ?

M. B. : Je ne suis pas encore en mesure de le savoir, madame, mais ça me paraît être inquiétant.

chapitre 3

Des gyrophares devant le collège – c'est quoi ce bordel ?

Slimane pressa le pas.

Un camion du SAMU face au portail. Et des blouses blanches. Et des civières à roulettes. Et M. Brieu et son adjointe Mme Chape et un prof dont il ignorait le nom.

Slimane n'eut pas le temps de jeter un œil entre les portières du camion – elles se fermèrent juste sous son nez.

Il ne s'attarda pas. Il ne tenait pas à se faire remarquer. Mais il sentit que quelque chose déconnait.

Ce prof tout rouge qui s'éventait – alors qu'on se les pelait. Mme Chape pâle comme une craie – malgré ses trois couches habituelles de fond de teint. Et la mine grave de M. Brieu – mais ça c'était normal, ce connard avait toujours la mine grave, personne n'avait jamais dû le voir sourire, ou alors sa mère, quand il était petit peut-être, et encore, c'était même pas sûr, nique sa mère !

Slimane se faufila dans le collège sans chercher à savoir. Direct vers le bureau de Mme Duffort. La CPE.

Qui allait encore le faire chier pour lui accorder un billet de retard. Alors que le camion du SAMU démarrait en trombe dans son dos.

Il croisa Jamel dans la cour – avec une femme de ménage chargée de torchons et de serpillières.

– Salut Jamel !

– Salut Slimane... Qu'est-ce que tu fais là ? Dépêche-toi !

Slimane et Jamel – toute une histoire. En octobre dernier – un mois après la rentrée. Slimane jouait au caïd dans le hall – à gueuler ou à se battre sans raison. Le pion l'avait attrapé par le col et scotché contre le mur devant tout le monde – « Calme-toi ! ». Slimane avait pété les plombs – « Bâtard ! Lâche-moi ! Gros pédé ! » et des insultes à n'en plus finir. Jusqu'à ce que le pion le saisisse par la gorge pour qu'il la ferme – Slimane en avait carrément pleuré. La suite était restée dans la mémoire de tous ceux qui avaient assisté à la scène – tournant en boucle pendant des semaines après ça. « T'as pas le droit de me frapper ! » « Je ne t'ai pas frappé. » « Tu m'as cogné la tête contre le mur ! » « Ta tête est trois fois plus dure que ce mur. » « Je vais porter plainte ! » « Si tu veux ! Va voir les flics, tu les feras rire ! Écris au Recteur, tu ne sais pas aligner une phrase correctement ! Alors rentre plutôt sagement en classe et tout ira bien ! » « Nique ta mère sale pute ! » Ni une ni deux – le pion l'avait traîné hors du collège et s'était rendu chez les parents de Slimane avec lui. Slimane mal à l'aise devant ses parents – la honte lui avait fait baisser la tête. Son père hors de lui et sa mère qui se lamentait – le pion avait presque dû défendre Slimane pour les apaiser.

Voilà toute l'histoire entre Jamel et Slimane – ça avait mal commencé mais maintenant ça roulait.

– Monsieur Taghari ? s'étonna Mme Duffort. Que venez-vous faire dans mon bureau à 8 h 55 ?

– Je suis en retard. Je devais commencer à 8 heures.

La CPE leva les yeux au plafond et secoua la tête :

– Monsieur Taghari… Vraiment…

– Quoi ?

– Vous êtes si peu concerné par ce qui se passe au collège que vous ne savez même pas quand vos profs sont absents. Je sais que vous confondez délibérément cet établissement avec un moulin… Mais tenez-vous au moins au courant ! M. Moreau est absent depuis deux jours.

– Qui est M. Moreau ?

– Votre prof de maths ! Avec lequel votre classe de 4ème E aurait dû avoir cours de 8 à 9 s'il n'avait pas la gastro…

– Donc je suis pas en retard ?

Mme Duffort sourit :

– Non. C'est remarquable. On peut même dire que vous êtes en avance.

Elle ne s'arrêtait plus vraiment sur les retards ou les absences de Slimane – elle estimait qu'il n'y avait plus grand-chose à faire pour lui. Il avait atterri dans ce collège car aucun autre établissement ne voulait de lui – suite à divers conseils de discipline. Elle se contentait de lui faire des remarques – elle savait par expérience que les sanctions n'avanceraient à rien dans son cas.

– Savez-vous au moins quel cours vous attend à 9 heures ?

Il lui répondit plus vite qu'elle ne l'avait envisagé :

– Anglais en salle 214 avec Mlle Heatherbarrow.

Elle fut surprise par sa prononciation – il disait « Heatherbarrow » mieux que tous les autres élèves et surtout mieux qu'elle-même.

– Bien. Vous irez donc en salle 214 quand ça sonnera. Mais évitez de quitter le collège ensuite dès 10 heures comme vous l'avez fait vendredi dernier. Je vous rappelle que vous avez cours tout le reste de la journée jusqu'à 17 heures. Suis-je claire ?

– Oui madame.

Elle connaissait bien son dossier – c'était pas compliqué. Absent presque tout le temps – sauf en anglais. Nul en tout – sauf en anglais. Ses résultats étaient même étonnamment bons en anglais – parmi les meilleurs de sa classe.

– Monsieur Taghari…

– Oui.

– En attendant que ça sonne… Pouvez-vous m'expliquer quelque chose ?

– Quoi ?

– Votre assiduité et votre comportement en cours d'anglais sont presque irréprochables. J'aimerais comprendre pourquoi…

Slimane haussa les épaules :

– Je sais pas.

Si – il savait. Il aimait bien Mlle Heatherbarrow – même plus que bien. Il avait appris tout seul des mots et des tournures grammaticales pour elle – « How long have you been pregnant for ? » il lui avait demandé à la fin du cours mardi dernier. Et elle lui avait répondu – « Seven months ». Elle lui avait répondu et il avait cru la voir rougir – dans ses rêves. Et dans ses rêves – il se voyait avec elle. Dans ses rêves – il se voyait carrément la mettre enceinte.

– Évidemment… ironisa Mme Duffort. Vous ne savez pas…

Elle consulta l'horloge suspendue sur le mur avant de conclure :

– Il vous serait en tout cas profitable de suivre le même exemple dans les autres matières.

Ça sonna – et elle se leva pour lui ouvrir la porte. Mais elle ne l'atteignit pas – elle ne fit qu'un pas et s'arrêta. Brusquement en proie au vertige – comme si le sol s'ouvrait sous ses pieds. Toutes les cloisons de la pièce naviguant dans tous les sens – ses armoires qui dansaient et le plafond qui se tordait et le carrelage qui ondulait. Elle tangua en cherchant à quoi se rattraper – elle posa les mains à plat sur son bureau et ferma les yeux et attendit.

– Madame ? s'inquiéta Slimane.

– C'est rien, elle lui assura, je me suis levée trop vite. Vous pouvez disposer.

Elle attendit qu'il sorte. Elle attendit de reprendre ses esprits. Elle attendit que les parois de son crâne cessent de vibrer.

Immobile – le temps de respirer. Et de réfléchir – peut-être une chute de tension. Ça ne lui était jamais arrivé – mais elle en entendait régulièrement parler.

Ses mains en sueur contre la plaque vitrée du bureau enfin stable.

Elle rouvrit les yeux – plus rien ne bougeait.

Mais un haut-le-cœur lui souleva l'estomac et elle se pencha au-dessus de la poubelle et vomit. Le corps agité de soubresauts. Elle vomit un flot de café et d'aliments méconnaissables chargés de bile. Les deux mains toujours à plat sur son bureau. De la morve lui jaillit des narines et atterrit sur une pile de dossiers. Elle tenta de se redresser mais quelque chose lui comprimait la trachée. Elle se racla la gorge. Bruyamment. Comme les vieux qu'elle méprisait quand ils faisaient ça. Elle se racla la gorge et cracha. Elle cracha des glaires. Une série de glaires énormes. Et plus noirs les uns que les autres. Elle eut bientôt l'impression de cracher des morceaux de charbon. Ou de gigantesques cafards. Ou pire. Des corbeaux couverts de placenta. Et elle saignait d'une oreille.

Slimane se pointa devant la salle 214 – à l'heure pile. Avec les élèves de sa classe – son pote Tom et Kévin et Loris. Mlle Heatherbarrow préoccupée – devant la porte.

– Wait for a few seconds, please, we had a problem in the classroom and it must be cleaned.

À l'intérieur – une femme de ménage astiquait.

– Enfin les vacances ! clama Loris.

– Je pars ce soir au ski avec mon père ! se vanta Kévin.

Slimane n'avait jamais mis les pieds sur des skis – ni à la montagne en hiver. Trop cher – et trop loin. Ses parents les emmèneraient au mieux faire un tour dans les calanques – lui et son petit frère.

La femme de ménage sortit de la salle.

Dans son seau – de l'eau brune. La couleur de sa serpillière – rouge. Sur son tablier – des taches de sang.

Elle avait nettoyé les dégâts. Les flaques et les traces dans l'entrée du bureau du Principal. Puis les gouttes dans le hall et les escaliers. Jusqu'ici.

Slimane ne remarqua pas le sang – il avait les yeux rivés sur Mlle Heatherbarrow. Ses cheveux blonds – et son ventre rond. Certains la surnommaient « Mlle Suce-mon-barreau » – il s'était promis de leur péter les dents un de ces jours.

– Laisse tomber ! se moqua Tom.

Tom savait que Slimane fantasmait sur la prof d'anglais. Tom était son meilleur pote. Mais Tom ne savait pas fermer sa gueule.

– Dans les Alpes ?

– À Chabojik... précisa Kévin.

Il voulut dire « Chamonix » – mais quelque chose déforma sa diction. Un court-circuit – quelque part entre sa bouche et son cerveau. Il avala sa salive – et articula pour tenter de reconnecter ses syllabes :

– Che fa faire bu furf...

Ça fit rire Loris – mais Slimane et Tom captèrent immédiatement que Kévin avait un réel problème. Quelque chose de pas normal – sur son visage et dans son regard. De la panique – et de la douleur.

Mlle Heatherbarrow tapa dans ses mains pour les inviter à entrer :

– Come into the classroom !

Kévin ne put pas suivre le mouvement – il resta planté là en haletant. Ses potes essayèrent de l'aider – mais il les repoussa. Il se mit à suer tout ce qu'il pouvait – des gouttes brûlantes. Ses lèvres se tordirent – et se zébrèrent de coupures. Ses mâchoires claquèrent – tout tremblait et tout bougeait à l'intérieur de sa bouche. Sa langue enflait et ses gencives gonflaient – tout se boursouflait. Et tout se morcelait – une de ses incisives se brisa et trois de ses molaires éclatèrent et les os de ses maxillaires semblaient se fissurer. Tout l'intérieur de sa bouche se désagrégeait – il ne pouvait même pas crier. Il se pencha en avant et écartela les mâchoires – déversant des flots de bave et des morceaux d'émail et des dents entières sur les carreaux du couloir.

– Madame ! beugla Loris.

Kévin s'adossa au mur et glissa lentement par terre. Des trous plein la bouche. Des filets de salive plein le menton. Du sang plein la gorge. Toutes ses dents cassées ou déchaussées. Les gencives dilatées et la langue comme une éponge qui l'étouffait. Impossible de crier mais la douleur était partout. Des orteils à la pointe des cheveux. Si intense qu'elle l'assomma. Tout en poursuivant son saccage. Un craquement se produisit et la voûte de son palais se fendit dans le sens de la largeur. Ses joues se déchirèrent. Sa mâchoire inférieure se décrocha et tomba entre ses cuisses. Lui sortant l'épiglotte de la gorge. Sa langue énorme dansant au-dessus de rien. Son pharynx à vif ouvert à tout vent. Et le trou de son larynx ouvert à tous les cris qui se répercutaient le long du couloir.

Vendredi 17 février - 9 h 07
Échange téléphonique entre Mme Duffort et M. Brieu :

Mme D. : *Excusez-moi, je ne sais pas ce qui m'arrive, mais je crois que je ferais mieux de rentrer chez moi…*

M. B. : *Pardon ?*

Mme D. : *J'ai des haut-le-cœur, je vomis, j'ai la tête qui tourne… Et je me sens extrêmement faible…*

M. B. : *Je suis désolé, Mme Duffort, mais il est hors de question que vous quittiez l'établissement alors que le manque de personnel est déjà conséquent ! Rejoignez-moi immédiatement devant la salle 214 du bâtiment A ! Un grave incident vient de se produire là-haut !*

Vendredi 17 février - 9 h 15
Échange téléphonique entre M. Brieu et le SAMU :

SAMU : *Urgences médicales, je vous écoute…*

M. B. : *C'est encore le Principal du collège Rosa Parks, écoutez, je ne sais pas ce qui se passe mais on a un nouveau problème alarmant. Un élève de plus est gravement blessé. Il est inconscient, il a le visage déchiré, il y a du sang partout !*

chapitre 4

Nino grelottait. Cess et Julie grelottaient. Matt et Fab et tous les élèves de 3ème D grelottaient. En plein cours de physique. Tous avaient conservé leurs vestes et leurs manteaux. Mais ça ne suffisait pas. Le bâtiment B qui abritait les salles de sciences était frigorifié. Parce que le chauffage déconnait. Toujours à plein régime dans le bâtiment A et jamais en état de marche dans le bâtiment B.

Même la main de Fortin tremblait de froid contre le tableau. Le prof qui traçait des schémas de circuits électriques à la craie les sollicita :

– Un peu d'attention, je vous prie ! Je sais qu'il vous est difficile de vous concentrer avec cette température mais…

– C'est pas difficile, le coupa Cess, c'est impossible !

– Pas plus pour vous que pour moi ! Mais le Principal est apparemment incapable de résoudre ce problème… Le fonctionnement d'une chaudière et le réglage d'un thermostat sont certainement au-dessus de ses compétences !

Fortin était un des rares profs à se foutre ouvertement de la gueule de Brieu. Ce qui lui attirait la sympathie des élèves. Et il les faisait d'autant plus marrer qu'il semblait être aussi maladroit qu'eux. Il ratait avec obstination toutes les expériences de chimie qu'il entreprenait devant chaque classe. Frôlant parfois le pire. Il avait un jour fait exploser un récipient rempli d'eau en jetant un morceau de sodium à l'intérieur. Ça avait décoiffé tout le premier rang. « Le sodium aurait seulement dû s'enflammer… avait-il expliqué. J'en ai apparemment trop mis… » Et il avait ri comme un bossu. Tous ses ratages le faisaient passer pour un prof du genre foldingue. Certains le prenaient pour un incapable. Mais d'autres le soupçonnaient de faire exprès, histoire de se mettre à leur niveau, ou juste pour rigoler.

– En attendant, reprit-il en claquant des dents, même s'il est effectivement délicat de travailler dans ces conditions déplorables, je vous demande quelques efforts !

Matt regardait par la fenêtre. Loin des circuits électriques. Loin des ampoules et de leurs branchements en série ou en dérivation. Matt était branché sur ce qui se passait dans la cour.

Il y avait une élève dehors. La grosse Anouk. Une petite conne de 4ème A. Petite mais grosse et grasse. Parce qu'elle engloutissait des chariots de chips et des bennes de bonbons pendant et entre chaque heure. Elle ressemblait à un tonneau avec des pieds et des mains.

Quelque chose déconnait. 9 h 20 et elle était dans la cour. Toute seule. En tee-shirt. Avec le froid qu'il faisait. Merde. Elle était sortie de classe. Livide. Sans un mot. Sans son manteau ni rien. Juste des chips dans une main. Sous le regard éberlué de ses camarades. Quelque chose avait dû dérailler. Elle s'était dirigée vers la cour mécaniquement. Rapidement d'abord. Puis de plus en plus lentement. Comme ces automates qu'on fait fonctionner à tours de clé. Et elle avançait maintenant à tout petits pas saccadés. Maladroitement. Les bras ballants. Les yeux vides. Écrasant les chips qu'elle avait dans la main. Les émiettant derrière elle. Quelque chose ne tournait visiblement pas rond. Elle parvint au milieu de la cour et s'arrêta. Le froid avait rendu son visage écarlate mais elle ne semblait même pas le sentir. Elle se mit pourtant à trembler. Frénétiquement. De la tête aux pieds. Le corps plein de secousses.

– Matthieu ! lança Fortin. Ça se passe sur le tableau, pas à l'extérieur !

Merde. La grosse Anouk en mode électrocution. Soubresautant. Des spasmes dans le sternum et dans les omoplates et tout le long de la colonne vertébrale.

– Qu'est-ce que je viens de dire ? s'énerva Fortin.

Munoz, le prof d'espagnol des 4èmes A, apparut dans un angle de la cour. Il se dirigea vers la grosse Anouk et l'appela et lui fit signe de rentrer. Mais elle ne le calcula pas. Elle se gratta violemment les joues et la gorge et les seins et le ventre.

Matt aperçut des visages collés aux vitres des salles du bâtiment A. Qui observaient la scène. Comme lui. Sans comprendre.

Quelque chose déconnait à plein tube. La grosse Anouk souleva son tee-shirt et fit apparaître son énorme ventre nu. Merde. Tout le monde savait qu'elle était obèse. Tout le monde la surnommait « le tonneau » ou

« la barrique ». Tout le monde connaissait ses mensurations. 1,55 m pour 75 kg. « 1 m^3 » résumait Nino pour rire ou pour être méchant. La grosse Anouk s'en foutait. Elle riait avec ceux qui riaient et envoyait chier ceux qui cherchaient à la blesser. Mais là, ce matin, quelque chose ne fonctionnait plus. Au milieu de la cour, dans l'air glacé, son ventre semblait être devenu autre chose. Quelque chose de pas normal. Son ventre était bleu. Marbré de violet. Quelque chose de grave. Son ventre palpitait. Comme sous une pluie de coups de poing. Quelque chose d'épouvantable. Son ventre avait pris des proportions démesurées. Enflé comme une outre dont le cuir se craquelait. Surpassant tous les surnoms dont on l'affublait. Un tonneau surdimensionné prêt à éclater. « Anouk ! » cria Munoz.

– Il se passe quelque chose ! dit Matt avant que Fortin ne sévisse.

De la panique et de l'urgence dans sa voix. Alors tous les 3èmes D se levèrent et se précipitèrent aussitôt vers les fenêtres. Même le prof de physique.

La grosse Anouk au milieu de la cour. Son hideux ventre bleu. Son visage congestionné. Dix mille volts sous ses pieds. Elle joignit les mains et tomba à genoux. D'un bloc. Sur le béton gelé. Si brutalement que ses deux rotules se brisèrent. Et elle vomit en hurlant. Elle vomit des seaux de corn-flakes et de lait caillé en hurlant. Elle vomit un déluge de chips et de sucs gastriques en hurlant. Elle vomit des tombereaux de choses méconnaissables aussi épaisses et visqueuses que de la glaise. Et du sang. Et quelque chose ressemblant à du charbon. En hurlant. Alors que Munoz se précipitait vers elle. Alors que Matt se mordait les lèvres. Alors que Nino écarquillait les yeux. Alors que Cess et Julie s'attrapaient les mains. Alors que Fab se grattait les poignets et les bras et le creux des coudes. Alors que Fortin ouvrait une fenêtre et que les sirènes du SAMU bombardaient le ciel en déchirant le froid.

Vendredi 17 février - 9 h 38

Échange téléphonique entre les urgences de l'Hôpital Nord et M. Brieu :

H. N. : *Monsieur Brieu ?*

M. B. : *Oui.*

H. N. : *Yasmine Abdallah est bien une élève de votre établissement ?*

M. B. : *Oui.*

H. N. : *Elle est décédée, monsieur.*

M. B. : *…*

H. N. : *Elle était dans un état très grave quand le SAMU nous l'a amenée, on l'a immédiatement conduite en réanimation, mais nous n'avons malheureusement rien pu faire. Son cœur s'est arrêté de battre à 9 h 16. Je suis désolé, monsieur.*

M. B. : *…*

H. N. : *Je viens de signaler son décès aux services de police et je…*

M. B. : *De quoi est-elle morte ?*

H. N. : *D'une hémorragie interne suite à un traumatisme crânien, monsieur.*

M. B. : *Traumatisme crânien…*

H. N. : *Oui, monsieur. Mais nous ne comprenons pas les causes de…*

M. B. : Et Corentin Servant ?

H. N. : Une équipe est en train d'essayer de le sauver.

M. B. : De le « sauver » ?

H. N. : Oui, monsieur.

M. B. : Est-ce que ses jours sont également en danger ?

H. N. : Oui, monsieur. Mais pour ne rien vous cacher, il ne s'agit pas de ses « jours », il faudrait plutôt parler de ses « heures », peut-être même de ses « minutes »…

M. B. : Que se passe-t-il ?

H. N. : Aucune idée, monsieur. Une de nos équipes médicales va se rendre dans votre établissement pour essayer de comprendre.

chapitre 5

Zak trépignait. Râlant et jubilant devant sa copie. Dépité-agité-excité. Limite euphorique. À cause du sang et des peaux déchirées qu'il avait pu voir tout à l'heure en accompagnant Corentin chez M. Brieu.

Il n'avait pas eu le temps de tout raconter en détail après le cours d'anglais. Juste quelques éléments. « Du sang partout », « des grandes flaques », « et Yasmine dans le hall avec M. Malejac », « Yasmine qui avait perdu tous ses cheveux ». La classe entière des 6èmes B autour de lui pour l'écouter. « Et Jamel a presque défoncé la porte de M. Brieu pour… » Il avait tenté de poursuivre son récit en arrivant dans la salle 103 mais il était 9 h 05 et le prof d'histoire-géo avait aussitôt gueulé.

– Vous vous croyez où ? Tous à vos places ! Et dans le calme !

M. Delage était un vieux con qui avait dû faire cours à leurs ancêtres à l'époque des bouliers et des trousses en bois. Valait mieux éviter de faire le malin avec lui. Tous étaient pourtant restés suspendus aux lèvres de Zak. « Ils ont appelé le SAMU mais… »

Le prof avait sans délai changé de braquet :

– Très bien ! Interro surprise ! Prenez tous une feuille et alignez-moi les noms des douze divinités grecques avec leur rôle et leurs attributs ! Ça vous remettra dans le sens de la marche !

Tu parles. Zak se foutait des dieux grecs pour le moment. Il n'avait qu'une envie. Décrire les cris et le crâne de Yasmine. La cornée de ses yeux qui avait viré au jaune. Et les débris d'os qui étaient sortis du nez de Corentin.

– Vous avez quinze minutes ! leur indiqua M. Delage.

Les 6èmes B planchèrent sur Zeus et ses congénères. Sans soupçonner ce qui se passait dehors. La salle 103 du bâtiment A donnait sur la rue. Pas sur la cour. Les 6èmes B ne virent pas le monstrueux ventre bleu de la grosse Anouk se vider sur le sol glacé. Ils entendirent juste des clameurs sortir des classes en face. De l'autre côté du couloir. Et quelques portes claquer. Des profs affolés qui se précipitaient en bas.

Zak rendit une copie pleine de ratures.

– Vous vous moquez de moi ? lui fit M. Delage.

Il ne répondit pas. Le nom de Cléopâtre figurait sur sa feuille. Des cris et des pleurs dans sa tête. Des baskets mauves. Et un crâne couvert de veines enflées. Il marmonna quelque chose que personne ne comprit. À part son voisin de table. Karim. Qui entendit une phrase dont le sens le rendit si perplexe qu'il crut avoir mal entendu. « Je suis sûr qu'elle est morte. »

– Qu'est-ce que vous avez dit ? vociféra M. Delage.

Zak cogita-médita-hésita. Et il éclata de rire. La pression, peut-être, ou les nerfs. Juste une façon de s'empêcher de pleurer. À moins que ce ne fût les prémices de la peur.

– Monsieur Belinski ! bondit le prof. Ça suffit ! Votre attitude est inacceptable !

Il se tourna vers les autres pour demander :

– Qui est le délégué de cette classe ?

– C'est moi ! lui répondit Zak en riant encore plus fort.

Mais Lila leva la main.

– Mademoiselle Hasnaoui ! Veuillez conduire cet insolent chez la CPE !

Les 6èmes B étaient peu habitués à ce genre de perturbation. Corentin à l'infirmerie et maintenant Zak chez la CPE. Deux élèves hors de la classe en moins de deux heures. La matinée promettait.

Lila descendit avec Zak. Sans dire un mot. Alors qu'il riait aux éclats. Mais elle remarqua ses yeux tristes. Alors qu'il riait en s'époumonant. Elle distingua les traits tendus de son visage. Alors qu'il riait de plus en plus piteusement.

– Pourquoi tu te forces à rire comme un mongolien ? finit-elle par l'interrompre.

Mais soudain trop d'agitation quand ils parvinrent dans le hall. Des hommes et des femmes en blouse blanche autour d'un brancard taché de sang. De l'inquiétude sur tous les visages. Des élèves de 4ème E et de 4ème A qui bataillaient pour approcher.

Jamel qui essayait de les écarter. Des cris et des pleurs. Mlle Heatherbarrow contre un mur. M. Munoz affolé. Un autre brancard dans la cour. Porté par quatre hommes qui couraient vers le portail. Des gyrophares devant le collège. Et M. Brieu qui faisait des allées et venues. Avec ce brouhaha dans le hall. Des pleurs et des cris. Et des noms qui circulaient. « Kévin » et « la grosse Anouk ».

Lila saisit Zak par le coude pour traverser tout ça. Sans se rendre compte que son rire avait chaviré dans les sanglots. Juste son coude qui tremblait en cadence. Au rythme de ses larmes. Silencieuses mais irrépressibles.

Encore des blouses blanches dans l'aile administrative du bâtiment. Examinant des fauteuils. Les fauteuils sur lesquels patientaient d'habitude les élèves et les parents convoqués par M. Brieu ou Mme Chape. Les fauteuils sur lesquels Zak avait tout à l'heure vu Yasmine et Corentin s'écrouler. Zak qui chialait désormais comme un môme.

Aucune réponse de Mme Duffort quand Lila frappa à la porte de son bureau.

– Madame Chape ! appela-t-elle en voyant passer la Principale adjointe.

– Quoi ? Qu'est-ce que vous voulez ? Qu'est-ce que vous faites là ? Vous voulez voir la CPE ? Est-ce que je suis la CPE ? Pas du tout ! Est-ce que j'ai l'air d'avoir du temps à vous consacrer ? Pas du tout ! Est-ce que vous êtes capables de…

Lila poussa la porte du bureau pour fuir ce déluge. Avec Zak. Qui ne pleurait plus. Qui ne riait plus. Zak qui tentait de remettre son esprit en ordre.

Mais le chaos dans le bureau. Pagaille-puanteur-pourriture. Mme Duffort sur le sol. À plat ventre. Dans des flaques noirâtres. Mme Duffort gémissant. Le visage émacié et tordu. Un de ses escarpins sous le menton.

Mme Duffort qui tendit une main nécrosée et décharnée vers eux.

Zak attrapa celle de Lila et la serra si fort que le sang n'atteignit plus le bout de leurs doigts. La tension, peut-être, ou les nerfs. Tu parles. Juste un geste de détresse. Pour tenter de contenir solidement les cascades de la peur.

Vendredi 17 février - 9 h 47

Échange téléphonique entre M. Brieu et le Directeur Académique :

M. B. : *Une élève de mon établissement est décédée tout à l'heure aux urgences de l'Hôpital Nord. Et un autre est entre la vie et la mort. J'ai…*

D. A. : *Que s'est-il passé ?*

M. B. : *J'ai alerté le SAMU aussi vite que possible en constatant l'état de ces deux élèves. L'une avait perdu tous ses cheveux et l'autre saignait abondamment du nez. Le SAMU les a pris en charge à 8 h 45. Et les urgences ont appelé il y a vingt minutes pour me signaler le décès de la première suite à un traumatisme crânien…*

D. A. : *L'agression a-t-elle eu lieu dans l'établissement ?*

M. B. : *Quelle agression ?*

D. A. : *L'agression qui a occasionné ces blessures.*

M. B. : *Je ne pense pas qu'il s'agisse d'une agression. Ces deux élèves étaient en cours dans deux classes différentes au moment où ils se sont sentis mal…*

D. A. : *Alors pouvez-vous me préciser de quoi il s'agit ?*

M. B. : *Je n'en sais rien.*

D. A. : *N'auraient-ils pas pu être victimes d'une agression ? Certains élèves violents fréquentent votre établissement. Avez-vous songé à cette éventualité ?*

M. B. : Il ne peut s'agir d'une agression. Aucun accrochage ne m'a été rapporté. Et deux autres élèves ont manifesté des signes de traumatismes à 9 h 05 et 9 h 20. Un médecin vient en plus de découvrir notre CPE Mme Duffort inanimée dans son bureau, à moitié étouffée par son vomi, pardonnez-moi les détails mais il s'agit de ça. Un garçon a la mâchoire inférieure qui est carrément tombée sur le sol et une fille a le ventre qui risque d'éclater. Et une équipe médicale est dans l'établissement pour tenter de comprendre ce qui se passe. Je ne sais pas vraiment comment gérer une telle situation. La pause va sonner dans cinq minutes et je vais devoir…

D. A. : Calmez-vous, M. Brieu, ne cédez pas à l'affolement et ne provoquez surtout pas la panique chez vos élèves. Je vais me charger de prévenir le Recteur et nous vous donnerons les meilleures consignes à suivre. Mais je vous répète qu'il y a un ou deux élèves particulièrement violents dans votre établissement. Je ne peux donc que vous conseiller de commencer par vérifier s'ils ont quelque chose à voir là-dedans.

chapitre 6

Dans le bureau du Principal – Slimane mal à l'aise.

Face à M. Brieu, face à Mlle Heatherbarrow, face à un mec en blouse blanche.

Le pouls de Slimane battait en surmultiplié – encore secoué par l'effritement de la mâchoire de Kévin, le sang, les cris, la civière.

Toute la classe en état de choc et le cours d'anglais annulé. Ils étaient tous descendus dans le hall en attendant les secours. Avec Mlle Heatherbarrow. Toute la classe pétrifiée pendant que le corps de Kévin soubresautait. Sans comprendre d'où était venue la foudre. Toute la classe était devenue incontrôlable quand les secours étaient arrivés. De la panique plein les yeux. Des cris plein la bouche. Seule Mlle Heatherbarrow muette et immobile. Alors la peur. Toute la classe aussitôt accrochée aux barbelés de la peur. Même Slimane.

Slimane maintenant sous le feu des questions – au lieu de profiter de la récréation.

Il avait été appelé au micro dès que ça avait sonné. Par la voix tonitruante du Principal. « Monsieur Taghari ! Je vous prie de venir immédiatement dans mon bureau ! »

– Que s'est-il passé avec Kévin ?

– Kévin ?

– Oui. Kévin Colin. 4ème E. Un élève de votre classe.

Ça ressemblait à une garde à vue – genre « réponds comme il faut parce qu'on te soupçonne d'avoir fait quelque chose que t'as pas fait ».

– Je sais pas. Il est tombé dans le couloir et il a perdu ses dents et…

– Mais avant ? Que s'est-il passé avant qu'il tombe ?

– Ben, je sais pas, moi… Rien…

– Vous ne savez pas ?

Si – quelque chose lui revint :

– Il avait du mal à parler.

Ce détail intéressa le mec en blouse blanche :

– C'est-à-dire ?

– Il arrivait pas à bien prononcer les mots. Comme s'il avait quelque chose dans la bouche.

Le téléphone du bureau retentit – le Principal décrocha juste pour signaler à la secrétaire qu'il ne voulait pas être dérangé pour le moment et raccrocha sèchement.

– Que s'est-il passé avec Kévin ? il redemanda aussitôt à Slimane.

– Ben quoi, je sais pas, moi, rien de plus que ce que je viens de vous dire.

À croire que M. Brieu l'avait pas écouté – ce connard semblait avoir la tête ailleurs.

– Avez-vous eu un différend ?

– Un différend ?

– Oui. Une altercation, un accrochage, un problème, une dispute !

Slimane comprit enfin – on le soupçonnait d'avoir frappé Kévin. Sans déconner – voilà pourquoi on l'avait convoqué. On le soupçonnait d'avoir frappé son pote – jusqu'à lui faire tomber toutes les dents et lui arracher la mâchoire.

Mais Mlle Heatherbarrow prit la parole pour le défendre :

– Il n'y a eu aucun accrochage entre eux dans le couloir. J'étais présente et je peux vous assurer qu'ils ne faisaient que bavarder tranquillement.

Le Principal hocha la tête – mais il poursuivit avec Slimane :

– Avez-vous croisé Yasmine Abdallah ce matin ?

Yasmine – la 5ème qu'il traitait de petite pute parce qu'elle excitait ses potes.

– Non. Je traîne pas avec les 5èmes.

– Et Corentin Servant ?

– Je sais pas qui c'est.

– Un élève de 6ème B, la classe de votre jeune frère !

– Je traîne encore moins avec les 6èmes.

– Anouk Grimaud ?

Slimane se figea – sous la violence des images, le ventre bouffi de la grosse Anouk et les cascades de vomi, tout ricocha sous son crâne.

– Je l'ai juste vue comme tout le monde s'écrouler tout à l'heure dans la cour.

– Et avant ? Vous n'avez pas vu un de ces élèves à huit heures devant l'établissement ?

– Non. Je suis arrivé à neuf heures moins cinq. Vous pouvez demander à la CPE…

Un éclair dans les yeux du Principal – et ce connard se mit à crier :

– Qu'avez-vous fait à Mme Duffort ?

– Rien du tout. Je suis juste allé dans son bureau parce que je croyais être en retard.

– À quelle heure ?

– Je vous l'ai dit. Neuf heures moins cinq.

Le Principal ne parvint plus à se maîtriser – peut-être lui aussi bouleversé par les mêmes images que Slimane, le sang et les civières, il vira carrément hystérique :

– Et on l'a retrouvée agonisante ! Quelle coïncidence !

Des dents, du sang, des cris et le mot « agonisante » – un chaos invraisemblable sous le crâne de Slimane.

Mais le mec en blouse blanche doucha le Principal en plein vol :

– Écoutez, M. Brieu, je ne comprends pas bien la nécessité de cet interrogatoire… Mme Duffort n'a pas évoqué la moindre agression… Et sérieusement, vu les lésions constatées sur les victimes, il est tout simplement impossible qu'elles aient pu être causées par un gamin de cet âge, ou même par n'importe qui…

Le téléphone retentit – le Principal décrocha, toujours hors de lui, mais se mordit les lèvres, le récepteur contre l'oreille, avant de raccrocher en tremblant.

Et il murmura :

– Corentin Servant est mort.

« Mort » – le mot surmultiplia le chaos sous le crâne de Slimane.

Vendredi 17 février - 10 h 02
SMS de Slimane à Karim :

Je sor du buro du konar principal.
Fo ke j te voi ! T ou ?

Vendredi 17 février - 10 h 03
Échange téléphonique entre le Recteur et M. Brieu :

R. : *Le Directeur Académique vient de me faire part de la situation.*

M. B. : *La situation évolue, monsieur, et pas dans le bon sens, je viens d'apprendre le décès d'un second de mes élèves. Corentin Servant. Un élève de 6ème.*

R. : ...

M. B. : *Je vous avoue que la situation me dépasse...*

R. : *Est-il décédé dans l'établissement ?*

M. B. : *Non. Aux urgences de l'Hôpital Nord.*

R. : *Des violences qui auraient eu lieu dans votre établissement seraient-elles à l'origine de ces décès ?*

M. B. : *Pas du tout. Aucun témoignage ne va dans ce sens. Et l'équipe médicale affirme que c'est impossible.*

R. : *Cela pourrait-il venir de votre cantine ?*

M. B. : *Je ne pense pas. Les règles d'hygiène y sont respectées. Et un des élèves décédés était externe.*

chapitre 7

Le récit tournait en boucle. Dans le hall, dans la cour, dans les couloirs. Dans tous les recoins. Depuis la sonnerie de 9 h 55. Sans discontinuer. « Un vrai tonneau », « bleu, enflé, violacé », « son ventre tendu comme la peau d'une baleine ». Des adjectifs et des formules à n'en plus finir. Déformant et dilatant les faits, peut-être, mais sans aucun scrupule car la déformation et la dilatation elles-mêmes constituaient les faits.

Personne ne connaissait le nom de ce truc-là mais tous l'appelaient « la foudre ».

Matt décrivait la scène à qui voulait l'entendre. Ou la réentendre. Mimant la façon dont la grosse Anouk s'était gratté les côtes et les seins. Comment elle avait soulevé son pull. Et il faisait de grands moulinets avec ses bras, de sa bouche vers le sol, pour reproduire les cascades de vomi.

Le vomi suscitait des débats. On le comparait au « contenu des poubelles de la cantine ». On évoquait « une bétonnière en train de se renverser ». On parlait de la « benne d'un semi-remorque pleine de glaviots ».

Les exagérations les plus délirantes concernaient le vomi.

Alors on s'amassait au milieu de la cour pour vérifier. Évaluer les véritables dégâts et la quantité exacte. Sans pouvoir trop s'approcher car Jamel faisait le gendarme.

– Reculez ! il ordonnait.

Le résultat était un peu décevant, forcément, par rapport aux métaphores entendues. Pas un camion, non, mais quand même. Deux femmes de ménage en remplissaient des seaux. Et une infirmière enfila des gants en caoutchouc pour en prélever un échantillon dans un tube à essai.

Certains se tenaient à l'écart. Moins avides. Plus inquiets. Ils avaient aperçu le manège de la grosse Anouk. Mais ils avaient surtout vu de bien plus près Corentin ou Yasmine ou Kévin. Alors ils racontaient pire que le vomi. Ils racontaient le sang qui giclait et les touffes de cheveux qui dégringolaient et les dents qui se brisaient. Sans en faire des tonnes. Au contraire. Mais, même si ce qu'ils racontaient correspondait plutôt fidèlement à ce qu'ils avaient vu, ça restait plus incroyable que le ventre de la baleine ou les bennes de glaviots.

Nino entendit deux 6èmes affirmer que « Mme Duffort était vautrée dans son vomi au milieu de son bureau ». Encore du vomi, décidément, ça inspirait tout le monde. Sans souci de vraisemblance. La CPE dans son vomi, c'était bien trouvé, mais ça semblait si improbable que Nino rigola.

Le bouche-à-oreille fonctionnait en tout cas à plein tube. Relayant les événements dans le désordre et la cacophonie. De ceux qui avaient vu à ceux qui n'avaient pas vu. De ceux qui avaient entendu à ceux qui n'avaient pas entendu. De ceux qui savaient à ceux qui voulaient savoir. Et tout le monde voulait savoir. Même les pions et les pionnes alimentaient les commentaires.

Déjà une centaine de versions différentes traversait la cour à propos des mêmes scènes. Plus ou moins claires. Plus ou moins parcellaires. Plus ou moins aléatoires. Mais tout se recoupait. Rapidement. Et tout s'assemblait. Pièce par pièce.

Les mêmes noms se répétaient. « Corentin Servant », « Yasmine Abdallah », « Kévin Colin », « Anouk Grimaud », « Mme Duffort ». Tous en parlaient. « Yasmine, tu sais, la princesse égyptienne… » Même ceux qui ne mettaient pas un visage sur ces noms en parlaient. « Mais si, Corentin, ce 6ème qui a toujours l'air complètement paumé ! »

Nino entendit alors autre chose :

– Il est mort.

Juste derrière lui. Comme un coup de fouet. Une phrase murmurée par Slimane à son petit frère Karim.

Nino l'entendit. Fab l'entendit. Un médecin du SAMU l'entendit. Ainsi que cinq ou six autres élèves dans ce coin de la cour.

– Il est mort tout à l'heure à l'Hôpital Nord ! précisa Slimane un peu plus fort.

Le médecin le fusilla du regard.

Nino distingua de l'inquiétude dans ce regard. Ou comme une confirmation.

Mais Fab haussa les épaules en désignant Slimane :

– Vous en faites pas ! Ce branleur invente toujours n'importe quoi !

Pour rassurer le médecin. Ou pour se rassurer lui-même.

Slimane lui jeta son regard de tueur, menaçant, les sourcils froncés et les yeux en forme de clous. « Il doit travailler ça devant un miroir » se moquait régulièrement Nino. Slimane n'était qu'en 4ème mais il était plus âgé que tous les 3èmes réunis alors il jouait au caïd pour montrer qu'il en avait. Nino qui avait la réplique facile et une grande gueule avait failli plusieurs fois en faire les frais. Notamment le jour où il lui avait jeté : « Laisse tomber ton regard de tordu ! T'essaies d'imiter Dexter mais tu ressembles à sa sœur ! » Fab s'était heureusement interposé. Plus pour empêcher Nino de prendre des coups que d'en donner. Fab était si grand et si carré que Slimane ne la ramenait jamais avec lui.

– Je raconte pas n'importe quoi ! se mit-il quand même à gueuler. Je viens de l'entendre dans le bureau du Principal !

Et l'info circula aussi vite que les autres. Avec ce mot supplémentaire, « mort », pour la première fois. Un mot de plus parmi d'autres. Qui résonna plus ou moins sérieusement. Comme les autres.

Environ six cents élèves dans la cour. Combien y croyaient ? Combien rigolaient ? Combien se sentaient mal ?

Il était évident qu'il s'était passé quelque chose de grave mais tous n'étaient pas convaincus.

Trop d'infos farfelues. Trop de mots incompatibles. Malgré les témoins oculaires. Malgré la présence du SAMU et des médecins. Beaucoup hésitaient. Entre consternation et distraction.

Le truc le plus drôle à se répandre avait été inventé par Cess à propos de la grosse Anouk. « Son vomi était vivant, avait-elle assuré à une poignée de crédules, j'ai vu des poulpes et des salamandres dedans... » « Et un crabe ! » avait ajouté Julie. Ça avait enflammé la cour comme une traînée de poudre. Mais ça avait décrédibilisé presque tout le reste.

Les 3èmes déliraient davantage que les autres sur le sujet. Peut-être parce qu'ils se sentaient toujours au-dessus de la mêlée. Ou seulement parce qu'aucun d'entre eux n'avait encore été touché.

Ça ne dura pas.

Les délires, les inventions, les éclats de rire, tout ça disparut. D'un seul coup. En même temps que les hésitations, les incertitudes, les perplexités.

À 10 h 05, dans la cour, pour que tous puissent être sûrs de la gravité de la situation, pour que plus aucun doute ne soit permis, pour que les fondations de la peur s'imposent à chacun, la mort frappa l'un d'entre eux, sous leurs yeux, de façon injustifiable mais irréfutable, implacable et définitive.

Rachid Boubaker. 3ème B. Il était pieds nus. Personne ne l'avait vu ôter ses chaussures mais tout le monde le découvrit pieds nus sur le béton frigorifié de la cour, dans la partie proche du réfectoire, à l'angle du terrain de handball. Debout. Silencieux. Les cheveux dans les yeux. Sa peau aussi pâle que des cendres froides. Les veines de son cou comme des anguilles vertes. De la mousse au coin des lèvres. Des larmes sur les joues. Silencieux mais des cris dans tous les membres. Comme si un marionnettiste survolté le secouait en agitant des fils invisibles. Larmes et morve se mélangeant. Puis soudain immobile. Tanguant doucement. Bizarrement. Ses larmes qui roulaient. Sa bave qui coulait en engluant le sol.

Six cent onze élèves précisément dans la cour. Plus une poignée de pions. Un médecin et deux infirmières. Et Chape l'adjointe de Brieu.

Tous regardaient Rachid. Même ceux qui n'avaient jamais échangé un mot avec lui. Tous le regardaient et tous comprirent que le pire était enfin là devant eux.

Il leva une main vers son front. Il leva une main et ce simple geste dut faire chavirer quelque chose dans son thorax car il se plia aussitôt en deux pour tousser. Il leva une main et avant même de pouvoir toucher son front il se plia en deux et une quinte de toux lui ouvrit la gorge dans le sens de la largeur aussi vivement qu'une lame de couteau. Il leva une main et il toussa et un déluge de sang plein d'écume jaillit de la brèche ouverte au milieu de son cou et il tomba en avant sur le goudron du terrain de handball et la mort lui fit curieusement écarter les bras et les jambes, comme pour occuper le plus de place possible, histoire de se rendre visible à tout prix, inévitable, évidente, flagrante.

Vendredi 17 février - 10 h 08

Échange téléphonique entre le Dr Masson en intervention au collège Rosa Parks et le Pr Koenig responsable du pôle « Réa-Urgences » de l'Hôpital Nord :

Dr M. : La situation est plus qu'alarmante ! Un élève vient de mourir sous nos yeux ! Il tremblait, il bavait et, en quelques secondes, sa gorge s'est fendue du cou jusqu'au larynx en lui déchirant la trachée !

Pr K. : …

Dr M. : Sachant qu'avant ça, sur les cinq malades conduits aux urgences, deux sont déjà morts !

Pr K. : Pas deux… Mais trois. Anouk Grimaud est décédée en arrivant ici… Et même quatre, avec Kévin Colin, mais le décès de ce dernier relève du SAMU car il est mort pendant son transport.

Dr M. : Quatre, bon sang, et cinq avec celui qui vient de claquer ici, cinq morts en moins de deux heures !

Pr K. : Tout porte à croire que nous avons affaire à un foyer d'infection particulièrement virulent…

Dr M. : Un foyer d'infection de quoi ? Je n'ai jamais rien vu de comparable ! Les symptômes et les troubles sont multiples. Des sueurs, des nausées, des nécroses, des saignements, des inflammations, des veines qui enflent, des problèmes d'élocution et j'en passe… Le tout se terminant par des lésions invraisemblables ! Et sans cause apparente ! Je ne sais pas du tout à quoi nous avons affaire, ça ne ressemble à rien de ce que je connais, ni même à rien de connu ! Ça fait penser à un virus mutant du genre VIH ou Ebola… Mais en bien plus foudroyant !

Pr K. : Je vous envoie le Pr Fabre.

Dr M. : Le Pr Fabre ?

Pr K. : Le responsable du service « Virologie ». Il est très compétent. Il devrait pouvoir déterminer si l'agent infectieux est un virus, une bactérie, un parasite ou que sais-je encore… Ça me semble être la priorité. Je vous conseille pendant ce temps d'examiner succinctement toute la population du collège. Pouls, tension, température, gorge, aines et aisselles. Ça nous donnera peut-être quelques indications…

Dr M. : Il me faut du personnel médical supplémentaire ! Il y a plus de six cents élèves dans ce collège ! Plus une quarantaine d'enseignants ! Sans compter les surveillants et le personnel technique et administratif ! Et nous ne sommes sur place que deux médecins et cinq infirmières !

Pr K. : Vous savez bien que nos effectifs ne sont pas extensibles… Mais je vais presser le pôle des « Maladies infectieuses » de vous en envoyer…

Dr M. : Il faut aussi une équipe de soutien psychologique pour les élèves ! Ils viennent d'assister à la mort d'un de leurs camarades et certains vont sûrement mal l'encaisser ! Faites venir le Dr Bensoussan !

Vendredi 17 février - 10 h 09
SMS de Matt à Charlotte :

> Cha, c l'hallu totale,
> le SAMU est au collège,
> la grosse Anouk a explosé ds la cour et
> Rachid vient de crever la gueule ouverte !

Vendredi 17 février - 10 h 13
Échange téléphonique entre M. Brieu et le Directeur Académique :

M. B. : *C'est arrivé. Un élève vient de décéder dans l'enceinte de l'établissement. Pendant la récréation. Sous les yeux de tout le monde. Les cours ne peuvent pas reprendre. Le personnel et les élèves sont en état de choc.*

D. A. : ...

M. B. : *Un des médecins préconise d'examiner toute la population du collège afin de détecter tout symptôme éventuel. Il me demande de faire appel aux pompiers pour l'aider à accomplir cette tâche.*

D. A. : *Suivez ses recommandations... Il est sûrement mieux préparé que nous à ce genre de situation...*

Vendredi 17 février - 10 h 15

Message du Pr Berger, responsable du pôle « Maladies infectieuses » de l'Hôpital Nord, sur la boîte vocale du Dr Masson en intervention au collège Rosa Parks :

« *Je vous envoie le Dr Romero et trois infirmières supplémentaires pour vous prêter main-forte. Le Pr Fabre arrive par ailleurs avec deux assistants pour tenter d'identifier la cause des symptômes. Vu le caractère pour le moins inquiétant de la situation, j'estime qu'il serait judicieux de ne laisser sortir personne de l'établissement. Avant que je parvienne à imposer cette mesure au Principal du collège, débrouillez-vous comme vous pouvez pour la faire respecter. Merci de me tenir au courant.* »

chapitre 8

Un troupeau d'effroi dans la cour. Tous les élèves regroupés par classes. Dans des files disloquées. Convergeant vers le hall. Où des équipes de soignants s'étaient réparties pour leur faire passer une visite médicale.

Lila se concentrait sur le rouge des camions de pompiers garés le long des grilles. Trois camions. Un effectif de dix-huit pompiers. Avec leurs uniformes impeccables et leurs bottes lourdes. Pour aider les médecins débordés.

Les cours de 10 heures avaient été annulés. À cause de la foudre. Personne n'aurait de toute façon pu les suivre. Personne n'avait même entendu la sonnerie de la reprise quand elle avait retenti. À cause de la foudre qui venait de trancher la gorge de Rachid pour le saigner sur le terrain de hand avant de lui écarter les bras en croix dans son propre sang.

Tous assommés-déboussolés-bouleversés. Sous le choc. Ils n'avaient encore jamais vu la mort frapper aussi violemment. Ou si certains avaient déjà pu voir un de leurs parents se faire emporter brutalement par un cancer fulgurant ou par un accident de voiture et qu'ils avaient même pu voir un corps dévoré par les tumeurs ou déchiqueté par le métal, aucun n'avait encore vu la mort frapper ainsi sans raison, ou du moins sans raison définie, si on considère que le cancer ou une voiture aux pneus lisses constituent une raison suffisante, là, dans la cour, rien de connu ne pouvait justifier la moindre amorce d'explication.

Lila parcourue de frissons. La sensation d'avoir un crochet dans l'estomac. Et l'image de la main décharnée de Mme Duffort tournoyait encore comme un grappin sous son crâne.

Personne n'avait considéré la sonnerie de la reprise mais tous avaient sursauté en entendant l'alarme hurler. L'alarme incendie du collège. Celle qui sonnait à l'improviste une fois par trimestre pour rassembler tout le monde dans la cour et tester les réflexes d'évacuation en cas de danger ou quoi. Sauf que tout le monde était déjà dans la cour ce matin-là. Et ce n'était pas un test. Le danger était bien réel cette fois.

Fixer le rouge des camions de pompiers. Ne pas regarder le sang de Rachid sur le terrain de hand. Le SAMU avait emporté son corps sur un brancard sans parvenir à lui replier les bras. Sa chair et ses os déjà raidis par le froid ou par la mort.

Les consignes avaient été données au micro. « Ne vous affolez pas, des médecins sont là pour assurer votre sécurité, ils vont examiner votre état de santé et soigner tous ceux qui présentent le moindre signe alarmant… » La voix du Principal tendue et prête à se fendre. « Veuillez rester calmes afin de ne pas perturber leur travail… »

Éviter de regarder le visage funèbre des camarades de Rachid. La stupeur imprimée dessus. La stupeur et la peur.

« Que tous ceux qui se sentent mal viennent dans le hall ! » avait ensuite conseillé le Principal. Tu parles, c'était bien le truc à ne pas dire, vu que personne ne pouvait se sentir bien après tout ça, alors plus de six cents élèves affolés s'étaient précipités vers les portes du hall en se découvrant aussitôt des douleurs suffisamment préoccupantes pour se faire examiner en priorité.

Les pions et Mme Chape avaient dû prendre les choses en mains, les faire reculer et les aligner par classes, histoire de mettre un peu d'ordre. Même si l'ordre était peu conciliable avec l'angoisse. La foudre résonnait encore et l'angoisse brûlait le cerveau de chacun.

Les files étaient interminables. Tous piétinaient. Patientant comme ils pouvaient. À parler-piailler-crier à tort et à travers. De la buée leur sortait de la bouche et des narines. De la buée et de l'angoisse.

Lila avec Zak et Karim. Rémi derrière eux. Et Chloé, hystérique, qui claquait des dents, de froid ou de panique, elle avait enlevé son pull, le pull sur lequel Corentin avait éternué du sang en cours d'anglais, Corentin qui était soi-disant mort maintenant, Chloé l'avait entendu dire comme tout le monde, Chloé avait vu la gorge de Rachid se déchirer, comme tout le monde, le sang, comme tout le monde, sauf que ça avait provoqué une vive paranoïa chez elle, elle avait enlevé son pull persuadée que le sang était contagieux-venimeux-dangereux.

Des infirmières sillonnaient les rangs. Pour repérer les élèves au comportement inquiétant. Il y en avait quelques-uns. Trop pâles ou trop rouges. Le front inondé de sueur, la langue hors de la bouche, les yeux exorbités. Un ou deux qui bavaient. Un autre qui s'était couché par terre, recroquevillé en chien de fusil, secoué par des convulsions qui lui cognaient la tête sur le goudron. Tout le monde s'en écartait et les infirmières les accompagnaient vite fait dans le hall.

Plusieurs lieux étaient réquisitionnés pour les consultations. L'infirmerie, le CDI, le bureau de la conseillère d'orientation, la salle des profs et le foyer des élèves. Même le bocal vitré des pions qui donnait à la fois sur la cour et sur le hall.

La plupart de ceux qui en sortaient étaient conduits dans le gymnase. Leur état ne présentait apparemment rien d'anormal.

D'autres étaient envoyés en salle informatique pour un examen plus poussé.

Et ceux qui nécessitaient des soins urgents, ceux qui se tordaient en tous sens ou qui fixaient le vide en bavant, ceux-là étaient regroupés en salle de permanence. Ils n'étaient pas nombreux, même pas une dizaine pour le moment, mais c'était eux qui monopolisaient toute l'attention.

Nouvelle sonnerie. Presque inaudible dans le brouhaha. La sonnerie de 11 heures.

Les files n'avançaient pas vite mais le rythme accéléra quand l'examen médical des profs et du personnel fut achevé. Ça libéra des places. Ça libéra des pompiers et des soignants. Ça libéra de la main-d'œuvre et de l'espace.

Lila se retrouva dans le CDI en même temps que Zak et Chloé.

Huit postes improvisés pour les consultations entre les rayons de bouquins. Une chaise, une table où traînaient trois ustensiles, un pompier ou une infirmière derrière. Rien à voir avec un cabinet de médecin.

Nom. Prénom. Date de naissance. Classe. Numéro de téléphone des parents. « Est-ce que tu as mal quelque part ? » Inspirer. Expirer. Tousser. Le froid du stéthoscope. Un bras dans le tensiomètre. « Bien. » Tirer la langue. Lever les bras. Suivre le point lumineux avec les yeux. « Bien. » Des mains sous les oreilles. Sous les bras. Sur la gorge. Un thermomètre dans le creux de l'aisselle. « Bien. » Un coup dans chaque genou pour tester les réflexes. « Voilà, c'est terminé, tout va bien. »

Tu parles. Trois minutes montre en main. Est-ce que c'était suffisant ? Est-ce que c'était valable ? Est-ce que c'était rassurant ?

L'infirmière tendit à Lila une fiche en carton avec ses observations :

– Conservez-la bien. Ça nous servira pour assurer votre suivi.

La voix de Zak de l'autre côté du rayon :

– Le suivi de quoi ?

– De votre santé. Au cas où.

– Au cas où ?

– Oui.

– Au cas où quoi ?

– Au cas où votre état évoluerait…

Zak haussa les épaules et rejoignit Lila devant la porte.

– Ces cons n'ont même pas l'air de savoir ce qui se passe ! il lui dit.

Elle aimait bien son caractère de bruyant-branleur-brillant. Elle aimait bien ses cheveux constamment ébouriffés. Elle aimait bien ses yeux clairs.

– Où est Chloé ?

– Votre camarade est conduite en salle informatique… leur signala une infirmière.

Un pompier les emmena vers le gymnase.

– Est-ce que vous savez ce qui se passe ? lui demanda Zak.

– Je ne peux rien vous dire.

– Vous ne devez rien dire ou vous ne savez rien ?

– Je ne peux rien vous dire ! se contenta de répéter le pompier.

Vendredi 17 février - 11 h 31

Échange téléphonique entre le Dr Masson en intervention au collège Rosa Parks et le Pr Berger responsable du pôle « Maladies infectieuses » de l'Hôpital Nord :

Dr M. : Il va falloir trouver de la place à l'hôpital.

Pr B. : Nous en trouverons. Ne vous en faites pas pour ça. Dites-moi plutôt comment ça se passe.

Dr M. : On fait défiler les visites. On a examiné tout le personnel et plus de la moitié des élèves. On isole ceux qui présentent des troubles sérieux en salle de permanence. Ceux qui ont une température anormalement élevée dans une autre salle. Et on regroupe dans le gymnase tous ceux chez lesquels on n'a rien décelé.

Pr B. : Vous vous débrouillez très bien.

Dr M. : Trois équipes complètes de pompiers sont heureusement là pour nous aider. Et Bensoussan vient d'arriver avec une de ses collègues pour assurer une cellule de soutien psychologique.

Pr B. : Et Fabre ?

Dr M. : Le Pr Fabre est en train d'observer les malades les plus gravement atteints.

Pr B. : Les cas préoccupants sont-ils nombreux ?

Dr M. : On vous a envoyé à 10 h 40 les trois plus inquiétants que nous avons repérés.

Pr B. : Oui, ils sont arrivés, l'un d'entre eux vient d'ailleurs de succomber à une hémorragie interne.

Dr M. : On en a isolé dix-sept de plus dont l'état se dégrade à vitesse grand V avec des symptômes toujours plus étonnants. Et il nous reste encore trois cents élèves à examiner.

Vendredi 17 février - 11 h 37
Échange téléphonique entre M. Brieu et le Recteur :

M. B. : La situation exige que je déclenche le Plan Particulier de Mise en Sécurité.

R. : On en est donc là ?

M. B. : Sans aucun doute. C'est du moins ce que pensent les médecins. Et ça me paraît être grandement justifié. Mais j'ai besoin de votre soutien pour imposer cette mesure… Une notification écrite de votre part. Que je puisse montrer quelque chose aux enseignants, au personnel, aux élèves et à leurs parents. Car je pense que cette décision ne va pas tous les ravir…

R. : Entendu. Je vous faxe cela.

chapitre 9

Les visites consistaient apparemment à faire le tri – entre ceux qui bavaient et ceux qui ne bavaient pas.

Slimane attendait son tour.

Pas vraiment inquiet – pas vraiment à l'aise non plus.

Il ne bavait pas et son petit frère avait rejoint le gymnase dans la bonne file. Pas de quoi s'en faire. Mais il y avait des ombres. Du sang. Les traces et les échos de la foudre.

Les élèves encore dans la cour tripotaient tous leurs portables. Même les pions. Et des profs. « Mort » et « sang » dans tous leurs messages. Pour leurs parents et leurs amis via Facebook et compagnie.

Slimane composa les mêmes mots sur le sien – mais sans savoir à qui les envoyer.

Les pions flippaient. L'un d'entre eux saignait du coin des yeux tout à l'heure et les médecins l'avaient foutu en salle de permanence avec tous ceux qui bavaient. Mauvaise ambiance. Même Jamel était à cran.

Un mec rigolait pourtant dans les rangs – ce grand con de Jordan. Il repiquait sa 3ème – et l'annulation des cours le rendait euphorique. Jordan était encore plus souvent absent que Slimane – mais tous les deux étaient là ce matin. Dans le froid compact – ils auraient mieux fait d'être ailleurs ce jour-là.

Une rumeur se propagea en les propulsant en avant.

Bientôt midi – et la rumeur disait que les externes ne pourraient pas sortir avant d'avoir passé la visite.

Slimane joua des coudes. Avec Tom et Loris. Parmi les 3èmes qui essayaient de les doubler. Slimane repoussa un tas de bâtards surexcités et Jordan tomba par terre et tout le monde s'écarta aussitôt.

La peur de la foudre – comme un réflexe déjà inscrit dans le corps de tous.

Mais Jordan se releva sans problème. Pas de bave, pas de sang, pas de tremblements. Et rien ne lui tomba dessus. Juste de la fureur.

Slimane et Jordan – face à face comme deux chiens prêts à se mordre.

Ils s'entendaient plutôt bien mais ils s'étaient déjà battus. Une fois. À la sortie du collège. Pour une histoire de scooter dont ils ne se souvenaient plus. Une bagarre bien méchante. Des coups de poing en plein visage et des coups de genou qui leur avaient chacun cassé des côtes.

Ça pouvait éclater n'importe quand – mais pas maintenant.

Les pions à cran. Les médecins en panique. Des corps sur des brancards. Et ce truc venu de nulle part qui déchirait les chairs plus sauvagement que des coups.

Alors Jordan rigola – il tapa dans la main de Slimane et le laissa passer devant.

Apaisement inattendu.

Mais la rumeur enflait – les portes du collège allaient rester fermées pour tout le monde entre midi et deux.

Des profs interpellaient le Principal dans le hall :

– Vous n'avez pas le droit ! Comment comptez-vous gérer les externes ? Vous ne pouvez pas prendre une telle décision…

– C'est un cas de force majeure ! tonna M. Brieu. Compte tenu des événements gravissimes qui se déroulent dans l'établissement depuis ce matin !

Confirmation de la rumeur – toute sortie allait être interdite.

Protestations et vociférations des profs.

– C'est provisoire, continua le Principal, mais c'est une mesure de sécurité que nous impose la situation et que me conseillent vivement de prendre les médecins, le Recteur, l'Assistance Publique et les Hôpitaux de la ville !

Slimane dans la salle des profs – en consultation. Rien de sorcier – examen de la gorge, contrôle de l'équilibre, tension et température. Et « rien à signaler » – sur sa fiche.

Mais un hurlement dans un coin de la salle. Un hurlement comme un déchirement. À la fois rauque et strident. Un putain de goret en train de se faire égorger.

Slimane mata la scène – le petit Léo inerte sur une chaise là-bas. Le petit Léo – en 3ème malgré sa taille de 6ème. Impossible de l'imaginer pousser un hurlement pareil – mais c'était lui, les yeux fermés et la gueule ouverte, raide et immobile, juste les tendons de son cou qui tressautaient.

Les médecins lâchèrent leurs stéthoscopes. Les oreilles torpillées par les hurlements. Ils encerclèrent le petit Léo. Mais rien à faire. À part des gestes de détresse.

Slimane en direction du gymnase – avec Tom, avec Loris, avec des garçons et des filles dont il ignorait le nom et le prénom.

Des centaines d'élèves à l'intérieur. Regroupés par classe et presque tous assis par terre. Des profs qui les surveillaient pour garantir le calme. Un calme impressionnant alors que jamais autant d'élèves n'avaient été rassemblés ici. Tous avec leurs portables. Encore à envoyer des SMS. Ou à jouer à *Angry birds* ou *Candy crush*.

Il repéra très vite son petit frère – et traversa les allées sans tenir compte des profs qui lui ordonnaient de rejoindre son groupe.

– Ça va ?

– Ça va ! lui assura Karim. Et toi ?

Il haussa les épaules – comme s'il s'en foutait :

– Ouais. Ça va.

– Slimane Taghari ! appela un prof.

– Quoi ?

– On te demande à l'entrée du gymnase !

Il revint sur ses pas – qu'est-ce qu'on lui voulait ? Un mec en blouse blanche devant les portes – tout rond, avec une barbichette et des lunettes, un vrai médecin de dessin animé. « Pr Fabre » – épinglé sur sa blouse.

– Mme Duffort était par terre… lui racontait un petit blond. Couverte de vomi ou je sais pas quoi… Un peu comme de la vase… Et elle était toute maigre…

Slimane reconnut ce petit blond – un 6ème dans la classe de son frère.

Le médecin hocha la tête.

– Qu'est-ce que c'est que ce truc ? lui demanda Slimane.

– Quel truc ?

– Le truc qui se passe ici, qui a pété la mâchoire de Kévin et qui a tué Rachid, vous savez ce que c'est ?

Le médecin se mordit l'intérieur des joues et pinça les lèvres :

– Non. Mais je suis là pour essayer de trouver. Vous avez vu Mme Duffort à 9 heures dans son bureau ?

– Que cinq minutes. Juste avant 9 heures.

– Comment était-elle ?

– Normale. Sauf à la fin, quand elle s'est levée, elle a changé de couleur, elle a posé les mains à plat sur son bureau et elle a fermé les yeux.

– Et puis ?

– Et puis rien. Elle m'a dit qu'elle s'était levée trop vite et m'a demandé de sortir.

Le médecin tripota le montant de ses lunettes :

– Bien. Je vous remercie.

Et il retourna vers le bâtiment A.

Une nouvelle fournée arriva dans le gymnase – Jordan parmi eux.

– Les pompiers m'ont trouvé en pleine forme ! il lança à Slimane. Alors je vais pas rester enfermé ici avec tous ces cons ! Je me taille ! Tu viens avec moi ?

– Non. Mon petit frère est là. Je reste avec lui.

– Tant pis pour toi.

Jordan traversa la cour – fuyant l'ennui ou il ne savait quelle menace.

Slimane le suivit des yeux pour voir jusqu'où il irait.

Pas bien loin – M. Coly le repéra et s'élança derrière lui. M. Coly – prof de sport et ancien champion de triathlon. M. Coly attrapa Jordan par la ceinture du pantalon au moment où ce dernier escaladait le portail – et le ramena au gymnase par la peau du cul.

Vendredi 17 février – 12 heures

Les titres du journal de France Info :

La croissance ralentit et fait grise mine sous la neige. L'opposition ne met pas de gants pour critiquer « l'inaction gouvernementale ». Le ministre de l'Économie annonce en plus une nouvelle flambée des prix du gaz et du carburant.

Vingt-cinq SDF morts de froid depuis le début de l'hiver. Le nombre de sans-abri décédés en janvier et février n'a jamais été aussi important. On estime que 150 000 personnes vivent sans logement aujourd'hui en France, un chiffre qui a doublé en dix ans. Différentes associations pressent la ministre du Logement à prendre des mesures concrètes.

La situation se débloque à Orly et à Roissy, le trafic aérien était paralysé par la neige depuis trois jours, mais les avions peuvent enfin décoller et atterrir depuis ce matin.

Nouvel exemple de dégâts causés par le froid : des écoles ferment à Bordeaux car les tuyaux d'alimentation en eau ont gelé dans plusieurs secteurs de la ville.

La pelouse du stade Gerland est elle aussi gelée à Lyon où le thermomètre affiche - 8 °C, mais l'Olympique Lyonnais reçoit malgré tout ce soir le PSG en match avancé de la 25ème journée du championnat.

Vendredi 17 février - 12 h 03

Échange téléphonique entre le Recteur et M. Brieu :

R. : *Je dois vous donner une consigne.*

M. B. : *Je vous écoute.*

R. : *Essayez de faire en sorte que tous ces drames ne s'ébruitent pas.*

M. B. : *Comment ça ?*

R. : *Pas un mot à la presse !*

M. B. : *Évidemment. Mais vous n'êtes pas sans ignorer que plus de la moitié des élèves ont des portables. Ça va très vite. Tous leurs parents sont déjà au courant. Certains sont même déjà devant l'établissement et le téléphone ne cesse pas de sonner.*

Vendredi 17 février - 12 h 05

Échange téléphonique entre le Pr Fabre en intervention au collège Rosa Parks et le Pr Berger responsable du pôle « Maladies infectieuses » de l'Hôpital Nord :

Pr F. : *Le problème est sérieux.*

Pr B. : *Avez-vous identifié l'agent infectieux ?*

Pr F. : *Non. Tout est encore flou. Les symptômes ne sont pas toujours les mêmes et les lésions engendrées sont également différentes suivant les cas. Mais c'est apparemment un virus.*

Pr B. : De quel genre ?

Pr F. : *Totalement inconnu. Mais extrêmement foudroyant. L'infection est immédiate, le délai d'incubation très court et, quand ça se déclenche, c'est effroyable. Je ne sais pas ce que c'est. Je ne sais pas encore d'où ça vient. Je ne sais même pas comment ça se transmet. J'ai envoyé au labo des échantillons d'eau et d'air à faire analyser. Et des prélèvements de sang, d'urine, de salive et de tissus. J'attends les résultats.*

Pr B. : *Nous nageons donc dans le brouillard face à un danger extrême... C'est à mon avis une affaire prioritaire dont il faut informer les plus hautes autorités de la Santé publique.*

Pr F. : *Et au-delà. J'ai appelé tout à l'heure un de mes collègues à Genève, le Pr Lehmann, c'est le plus grand épidémiologiste que je connaisse, je lui ai décrit ce à quoi j'assistais ici et il a cru que je lui faisais une blague, bon sang, il a cru que je lui faisais une blague de carabin.*

Pr B. : *Je contacte le Conseiller ministériel en charge de la Sécurité sanitaire.*

Vendredi 17 février - 12 h 08

Notes de M. Brieu sur son carnet personnel :

Décès de Yasmine Abdallah (5ème C) à 9 h 16 aux urgences, Corentin Servant (6ème B) à 9 h 25 aux urgences, Kévin Colin (4ème E) à 9 h 30 pendant son transport aux urgences, Anouk Grimaud (4ème A) à 9 h 34 aux urgences, Rachid Boubaker (3ème C) à 10 h 05 dans la cour, Stéphane Col (6ème E) à 11 h 20 aux urgences, Léo Chemin (3ème B) à 11 h 50 au CDI pendant la visite médicale, Mme Duffort (CPE) à 12 h 06 aux urgences.

43 personnes sont en salle informatique pour des examens supplémentaires.

18 personnes dans un état grave sont isolées en salle de permanence.

chapitre 10

Un calme étonnant dans le gymnase. Juste des chuchotements. Tous les élèves assis par terre. Entre inquiétude et consternation. Ne sachant même pas ce qu'ils attendaient. Des questions sur toutes les lèvres et des grondements dans toutes les têtes. Les avis et les suppositions défilaient. Et se contredisaient. Le pessimisme des uns refroidissant l'optimisme des autres.

Nino repéra Matt. Au pied du mur d'escalade. Avec Fab et Julie.

– Où est Cess ?

Julie tenta de lui répondre détendue :

– Ils l'ont gardée pour l'examiner…

Alors comme un creux dans la respiration de Nino. Des tremblements dans ses jambes. Et des vibrations incongrues dans sa voix :

– Avec ceux qui se vomissaient dessus ?

– Non. Avec ceux qui avaient de la fièvre.

– Elle avait de la fièvre ?

– Non. Mais ses lèvres bleues ont fait flipper les médecins.

– Ses lèvres bleues ? Je vois pas le problème… Cess a les lèvres bleues chaque fois qu'il fait froid !

– C'est vrai, sourit Julie, sauf que les médecins ne doivent pas avoir l'habitude de voir ça. Mais t'inquiète, c'est pas grave, ils vont l'envoyer ici dès qu'ils se seront aperçu qu'elle est en pleine forme.

– Ouais… voulut croire Nino.

Il sortit son portable et composa un texto. Son premier texto de la journée. Pas pour prévenir ses parents comme tout le monde en étalant les événements qui bouleversaient le collège. Juste un texto pour Cess : « Espèce de zombi ! Je savais que tes lèvres bleues étaient des menaces… Est-ce que tu vas bien ? »

– Elle aurait mieux fait de me suivre ! dit Fab.

Matt et Nino le regardèrent sans comprendre. Julie aussi. Mais Julie devina plus vite ce que Fab voulait dire.

– T'as pas passé la visite ?

– Non.

– Tu rigoles ?

– Non. J'ai profité du bordel pour m'incruster dans un groupe qui se rendait ici.

Julie cria presque :

– Putain, Fab, mais n'importe quoi ! T'es pas sérieux, merde !

– Quoi ? J'avais pas envie qu'ils m'envoient avec les malades qui bavaient…

Personne ne pouvait imaginer Fab malade. Surtout pas lui. Il était grand et fort. Toujours là et toujours à fond. Un vrai athlète. Il courait, il grimpait, il nageait. Mieux que tous. Ses résultats scolaires ne brillaient pas mais ses performances sur le stade épataient le prof de sport. « Tu devrais essayer le triathlon ! » le poussait régulièrement Coly. « Le vélo me fait trop mal au cul ! lui répondait Fab. Je préfère le décathlon ! » Et il envoyait le javelot à 40 mètres.

Seule Julie remarquait quand quelque chose allait de travers chez lui. Parfois. Dans son regard. Des signes de fatigue.

Mais là, dans le gymnase, elle eut beau scruter son visage, elle ne vit rien.

– Avec mes allergies et tout, on sait jamais ! se défendit-il.

Ses camarades connaissaient ses problèmes d'allergies. Le pollen au printemps et les poils de chat. Ça le faisait éternuer. Ça lui donnait les yeux rouges. Mais le pire venait des crustacés. Sa gorge enflait et il avait carrément failli étouffer quand Matt avait fourré un oursin dans son sac à la rentrée.

Aucun oursin ne traînait dans le secteur, aujourd'hui, mais Fab avait ces petits boutons rouges qui pullulaient. Depuis ce matin. Au niveau des poignets. Le long de ses avant-bras. Et au-delà. Les boutons se multipliaient sur sa peau. Il le savait. Il en avait remarqué quelques-uns à 8 heures. Et il en avait vu de nouveaux en retournant ses manches lorsqu'il était arrivé dans le gymnase. Des essaims de minuscules boutons écarlates. Jusque dans le pli de ses bras. Peut-être jusque dans le creux de ses aisselles, il n'avait pas pu retrousser ses manches si haut pour vérifier, ni ôter son pull car il tenait à rester discret, mais il les sentait. Et ça le démangeait.

Du feu semblait aussi lui brûler la peau du ventre. Il avait soulevé son tee-shirt, tout à l'heure, furtivement, juste avant que Julie le rejoigne, il avait à peine soulevé son tee-shirt et il avait aperçu de larges cercles de pustules autour de son nombril. Et il sentait maintenant des picotements sur ses chevilles, sur ses mollets, sur ses cuisses. Des picotements qui, tantôt le chatouillaient, tantôt se transformaient en morsures douloureuses.

Il n'avait rien dit à personne, même pas à Julie, il voulait se convaincre que ça allait disparaître tout seul. Ou au moins se rassurer en trouvant une explication. Mais aucune explication valable ne lui vint.

Les démangeaisons lui donnaient envie de grimacer alors il lança Matt sur un autre sujet en s'esclaffant :

– Je me souviens de votre concert ici !

Matt avait joué avec son groupe, Fifty Feet Woman, en juin dernier. Pour la fête de fin d'année. L'acoustique du gymnase était déplorable mais leurs morceaux avaient emballé pas mal de monde. Et pas uniquement des élèves, mais aussi leurs parents, et même des profs.

– Même Brieu avait failli danser !

– Et Suce-mon-barreau était déchaînée ! rigola Matt. Elle bougeait son cul comme une dingue... Mais elle était venue nous voir à la fin du concert pour corriger les fautes de grammaire de nos chansons !

Nino consulta son portable. Merde. Aucune réponse de Cess.

– Elle doit être en train de se faire ausculter par un médecin... lui glissa Julie.

– Ouais... Ou peut-être qu'elle a perdu son portable dans son vomi... Et qu'elle le retrouve pas parce que tous ses doigts se sont détachés de ses mains...

Mais son ironie ne le fit pas sourire lui-même.

« Contagion. ». Le mot avait surgi dans les rangs. « Contagion. » Le mot se propagea sous les hautes voûtes du gymnase. « Contagion. » Et ce mot projeta des images comme des boomerangs hideux sous le crâne de Nino.

Il envoya un nouveau texto. Vers Cess. « Alors ? »

– Les demi-pensionnaires peuvent se lever pour se rendre à la cantine ! annonça Jamel.

– Et les externes ? brailla Jordan.

– Les externes dans ton genre devraient commencer par la mettre en veilleuse ! lui répliqua le pion. Vous affolez pas… Des sandwiches et des desserts vont être distribués aux externes !

Ils n'avaient pas encore eu le temps de s'en rendre compte mais ils avaient faim. Même ceux à qui les événements avaient coupé l'appétit se précipitèrent dehors. Pour fuir l'air confiné ou se dégourdir les jambes dans la cour. Ils avaient presque oublié le froid qui régnait à l'extérieur. Mais le froid les rassura, le froid les saisit brutalement en leur collant des masques de givre sur le visage, le froid les fit soudain se sentir plus vivants que dans la chaleur étouffante du gymnase.

Le sang de Rachid était encore visible à l'angle du terrain de hand. Pas loin du mur du réfectoire. Tout près des élèves affamés qui faisaient la queue avec leurs cartes magnétiques pour aller manger.

Nino fixait le bâtiment A. Espérant voir Cess en sortir. Mais rien. Une main collée sur son portable. Espérant le sentir vibrer. Mais rien non plus.

De l'agitation détourna son attention. Vers le portail. Brieu et Chape en train de parlementer. Face à des parents mécontents amassés derrière les grilles. Ça avait l'air de chauffer. Un médecin et une infirmière tentaient de calmer le jeu.

– Faut que j'aille pisser… dit Fab.

Et il partit vers le bloc sanitaire. Pas pour pisser. Mais pour vérifier l'état de prolifération des boutons qui lui colonisaient la peau.

Cess apparut quand Nino réorienta les yeux vers les portes du bâtiment A. Soulagement. Il lui fit signe en agitant un bras mais elle ne le vit pas car elle consultait son portable et souriait en lisant ses messages, elle ne le vit pas mais elle se dirigea machinalement vers la cantine et se retrouva pile en face de lui, les lèvres toujours bleues, le sourire toujours en place.

– Merde ! Tu nous as fait flipper ! On était déjà en train de réfléchir à un texte pour ton enterrement !

– Qu'est-ce qu'ils t'ont fait ? demanda Matt.

– Pas grand-chose. Juste un examen gynécologique. Pour vérifier que j'avais pas les lèvres bleues là aussi.

– Tu rigoles ?

Évidemment, elle rigolait, soulagée de les retrouver, elle avait presque cru ne plus jamais les revoir tout à l'heure, isolée en salle informatique avec des élèves fiévreux qui avaient la grippe ou pire, mais un médecin lui avait examiné la bouche et passé ses mains sur sa gorge sans rien déceler, elle pouvait enfin rigoler.

Fab revint vers eux. À petits pas. Trébuchant. À bout de force. Déséquilibré par le moindre mouvement.

Il ne sentait plus le froid. Il ne sentait plus le chaud. Il ne sentait plus rien.

– Fab ? Ça va ?

Il regarda Julie lui sourire et réfléchit un moment avant de se prononcer :

– Non…

Avec une voix qui ne lui ressemblait pas. Et le regard perturbé des aliénés.

Une nuée de vilains boutons bruns lui jaillit du col et grimpa le long de son cou, soulevant des cloques purulentes sous sa peau, jusque derrière le lobe de ses oreilles.

Il tenta de faire un geste mais ses membres scrofuleux ne lui obéissaient plus.

La mort l'empoigna par les épaules et le jeta par terre.

Vendredi 17 février – 12 h 44
Échange téléphonique entre Matt et Charlotte :

M. : Cha…

Ch. : Oui.

M. : Charlotte…

Ch. : Oui, Matt.

M. : Cha !

Ch. : Matt, qu'est-ce qu'il y a ?

M. : Charlotte ! Charlotte !

Ch. : Quoi Matt ? Qu'est-ce qu'il y a ?

M. : Fab, merde, Fab…

Ch. : Matt ! Qu'est-ce qu'il y a ?

M. : Fab, merde, Fab vient de crever là, juste là, devant nous, Cha, c'est pas vrai, putain…

Ch. : Quoi ? Matt ! Qu'est-ce qui s'est passé ?

M. : Je sais pas, Cha, je sais pas, il était là et… Il est parti pisser et… Il est revenu avec des yeux de dingue et… Il est tombé par terre, putain, il est tombé par terre et c'était déjà fini, merde, c'est Fab, putain !

Ch. : …

M. : Cha ! Ils l'ont emballé dans une civière mais c'était déjà fini !

Ch. : Où est Julie ?

M. : *Julie a pété un boulon ! Ils viennent de l'emmener dans un bureau avec un psy…*

Ch. : *Merde, Matt, qu'est-ce qui se passe ?*

M. : *Je sais pas, Cha, je sais pas… Mais ça va pas, putain, ça va pas…*

Ch. : *J'arrive.*

chapitre 11

Les vitres embuées. Les tables bruyantes. Des filets de colin dans les assiettes.

Zak fit glisser son plateau sur la rampe. Devant les bacs en inox surmontés de vapeur. Il arrosa son poisson et son riz de sauce et prit un bout de citron dans la coupelle disposée à côté. Yaourt ou flan. Il hésita mais ça râla derrière lui.

Ça râlait tous les jours dans la file. « Dépêche-toi ! » Tout le temps pour les mêmes raisons. « On a faim ! » Même aujourd'hui. « Bouge-toi le cul, Zak ! » À croire que c'était un jour ordinaire.

Il trouva une place avec des élèves de sa classe. Lila à sa gauche. Rémi en face. Mais la confusion dans sa tête. Le nez de Corentin qui pissait du sang. Le cuir chevelu de Yasmine qui continuait de se morceler. La main décharnée de Mme Duffort qui se tendait toujours vers lui. Il saisit ses couverts et se concentra sur son plat.

Couper. Mâcher. Avaler. Manger lui demanda des efforts considérables.

Quelque chose semblait avoir changé dans la cantine. Il mit ça sur le compte des drames de la matinée. Qui chamboulaient-chaviraient-chagrinaient forcément l'ambiance habituelle. Peut-être. Mais il y avait autre chose. Un truc si évident qu'il ne s'en aperçut pas tout de suite.

Il chercha. Autour des tables. Il chercha ce qui ne cadrait pas. Puis ça lui sauta aux yeux. La plupart des élèves étaient avec leurs portables. Ça lui sauta aux yeux et aux oreilles. La plupart des élèves téléphonaient en mangeant.

Officiellement, les portables étaient interdits dans l'enceinte du collège, ils étaient seulement « tolérés ». « À condition qu'ils ne sonnent jamais, qu'ils ne perturbent jamais les autres, qu'ils ne soient jamais utilisés en classe. » Les profs qui chopaient un élève avec son portable lui confisquaient et il devait le récupérer chez la CPE en fin de journée.

Il fallait normalement demander une autorisation pour passer ou recevoir un coup de fil. Normalement. Mais cette journée n'avait rien de normal alors les règles concernant les portables avaient été oubliées.

Les élèves s'étaient contentés d'envoyer des textos plus ou moins discrètement jusqu'à présent. Depuis le hall ou le gymnase. Mais l'accès à la cantine les avait libérés. Et ils téléphonaient maintenant à tout va. Sous le nez des pions qui la bouclaient ou qui les imitaient.

Zak était un des rares à ne pas avoir de portable. « On verra l'année prochaine… » lui avaient dit ses parents quand il leur en avait réclamé un pour Noël.

– Tu veux que je te prête le mien ? lui proposa Lila.

Il réfléchit. Et refusa. Il se dit qu'il ne saurait pas comment leur raconter ça. Il se dit que les parents de Lila qui les connaissaient avaient déjà dû les prévenir. Il se dit que les laisser sans nouvelles les motiverait sûrement pour lui offrir un portable.

Chaque élève exposait sa version au téléphone. Par des murmures, des plaintes, des cris ou des sanglots. Et des successions de « je ne sais pas » pour répondre aux multiples questions de leurs parents.

– Il paraît que c'est contagieux… rapporta Rémi.

– Qui dit ça ?

– Tout le monde.

– Tu parles, tout le monde délire, les médecins ne veulent rien dire du tout, je suis sûr que même eux ne savent pas ce qui se passe.

Mais la rumeur se propageait. Charriant des propos tronqués-déformés-amplifiés. Chacun les interprétant et les adaptant à sa situation. Parce que chacun, en creusant bien dans la matinée ou les jours précédents, pouvait trouver au moins une raison de porter les germes d'une infection contagieuse.

À cause d'une grippe mal soignée, d'un fruit pas lavé, d'un chewing-gum périmé, d'une poubelle renversée, d'un vieux mouchoir utilisé pour se moucher, d'un chien inconnu caressé dans la rue, d'une écorchure apparue après une chute sur des graviers, d'une cuvette de toilettes infecte, de sous-vêtements pas propres ou encore d'un simple contact avec une barre peu reluisante agrippée dans un bus.

Sans compter les bises échangées et les mains serrées.

Voilà ce qui les travaillait. Pour les plus réalistes d'entre eux.

Les autres, plus spirituels ou plus cons, donnaient à la foudre qui les menaçait une dimension punitive. Parce qu'ils avaient jeté une pierre sur un chat, foutu un pétard dans une boîte aux lettres, crevé les pneus d'une voiture, dit « merde » à leur petit frère, fumé une clope ou juste mangé des aliments soi-disant interdits par leur religion. À croire à un genre de châtiment divin, carrément, à une punition venant de l'au-delà.

Et les pires parlaient de sorcellerie, d'envoûtement, de force démoniaque. Sans trop de conviction. Mais avec de plus en plus d'ardeur.

– Espèce de mytho, arrête tes conneries, tu délires ! leur balançait parfois un de leurs camarades.

Rien à faire. La paranoïa se développait et un orage semblait tous leur traverser la tête. La plupart se croyaient déjà malades. Certains se croyaient coupables. Quelques-uns se croyaient même possédés.

Crainte-crédulité-crispation.

Et comme de l'électricité dans l'air.

Tous étaient à cran.

D'autant plus que le tri effectué par les visites médicales ne valait rien. Un 3ème venait de crever devant le réfectoire. Le grand Fab. Alors qu'il sortait à peine du gymnase.

La foudre pouvait être partout. La foudre ou quel que soit le nom utilisé pour la désigner. « Contagion » ou « infection » ou « punition ».

– Tu parles d'une punition ! se moqua Lila. J'espère que je vais pas me faire égorger comme Rachid parce que j'ai oublié l'autre jour de souhaiter l'anniversaire de mon père !

Elle avait aperçu sa mère tout à l'heure. Derrière les grilles du portail. Parmi les parents inquiets. Son portable avait vibré dans le gymnase mais elle avait attendu d'être à la cantine pour répondre. « Je vais bien, maman, ne t'inquiète pas… » Et elle avait raconté le peu de choses qu'elle savait. Sans pouvoir répondre aux questions pressantes de sa mère. Hormis par « je sais pas » ou « j'en sais rien ». Comme tout le monde. « Mais ça va… » Tu parles.

Se calmer. Faire le vide. Essayer de se rassurer.

Mais des hurlements la firent brusquement sursauter dans le réfectoire, des hurlements et des crissements de chaises et des bris de verre, des hurlements poussés par des 4èmes à l'autre bout de la salle, des 4èmes qui venaient de quitter leur table en renversant leurs plateaux, hurlant comme des dingues, parce que l'un d'entre eux bavait et tremblait, Loris, un garçon de la bande à Slimane, Loris bavait, Loris tremblait, Loris agrippait les rebords de la table et la secouait, comme pris d'une crise de spasmophilie, sauf qu'il lâcha soudain la table et se leva pour se diriger vers ses camarades, les bras tendus en avant et la tête penchée sur le côté, de la même façon qu'un foutu zombi dans un mauvais film, avec les yeux blancs et des coulées de salive aux coins des lèvres, il avança lentement, maladroitement, mais ça déclencha une vague de panique incroyable, tous les élèves attablés aussitôt contaminés par des hurlements de plus en plus stridents, en proie à une hystérie collective sans précédent, se ruant vers le fond du réfectoire sans réfléchir, piétinant les grains de riz et les filets de poisson qui traînaient, jusqu'à ce que Loris redresse la tête, s'essuie la bouche avec un revers de manche et remette ses yeux à l'endroit afin de voir ce que son petit jeu avait provoqué.

– Merde alors…

Il sourit mais Mme Chape se précipita sur lui et l'attrapa par les cheveux à pleine main en vociférant :

– Est-ce que vous croyez que vos âneries sont dignes d'intérêt ? Vous croyez peut-être que c'est le bon moment ? Vous croyez peut-être que c'est le bon endroit ?

Même les jours ordinaires l'adjointe du Principal était hystérique. Elle lui tira les cheveux énergiquement mais ça déclencha un irrépressible fou rire chez Loris. Un fou rire nerveux qui se répandit parmi les élèves, Lila et Zak et les autres, entassés dans le fond du réfectoire, après la panique et la peur, tous les élèves embrayèrent sur un fou rire libérateur.

Mme Chape, plus furieuse que jamais, passa en mode surmultiplié. Elle tira avec encore plus d'acharnement. Loris la repoussa d'un bras, trop mollement, sans force à cause de ses fous rires. Elle continua de le secouer et lui planta des ongles dans la peau du crâne. Ce fut si douloureux qu'il en pleura. Alors il lui décocha un vif coup de poing dans l'estomac pour la forcer à enfin lâcher prise.

Un pion et une pionne le ceinturèrent. Il se laissa faire. L'adjointe pliée en deux se massait le ventre. Personne n'avait encore jamais osé lever une main sur elle.

Quelques profs avaient déjà subi des violences dans ce collège. M. Munoz, par exemple, s'était fait bousculer dans un couloir au retour des vacances de la Toussaint. Et en décembre une vacataire qui enseignait les maths avait été giflée par une élève de 5ème. Ça se soldait toujours par un conseil de discipline et une exclusion définitive.

Les mesures à prendre et les sanctions défilèrent dans l'esprit de Mme Chape. Tension-électricité-survoltage. Son visage était cramoisi. Elle fulminait mais n'eut pas le temps de réagir. Interrompue par un nouveau hurlement.

Un hurlement grave et rauque, cette fois, qui provint des cuisines. Où une grosse dame de service, debout derrière la rangée du self, se balançait d'avant en arrière en se frappant la poitrine. Elle avait des poings énormes et semblait vouloir se défoncer la cage thoracique avec. Son manège aurait pu faire croire qu'elle cherchait à imiter King Kong mais, après la parodie de zombi mimée par Loris, personne ne bougea et personne ne broncha. Silence complet dans le réfectoire. Juste les hurlements terribles de cette grosse dame de service qui suffoquait. Ses seins encore plus énormes que ses poings empêchaient les coups qu'elle s'infligeait d'atteindre sa cage thoracique, alors elle arracha sa blouse, elle arracha son tee-shirt, elle arracha son soutien-gorge, ses gros seins flasques se déversèrent au-dessus des bacs en inox, elle les empoigna, enfonçant ses doigts dans leur chair constellée de monstrueux hématomes, il était évident qu'elle avait la ferme intention de les arracher aussi, mais elle s'effondra, la tête dans un bac de riz brûlant, ses hurlements s'éteignirent et elle ne bougea plus.

– Elle, au moins, elle fait pas semblant... entendit Zak.

Mais la peur regagna aussitôt le terrain que les fous rires de Loris lui avaient fait perdre.

Vendredi 17 février - 13 h 25

Note d'informations affichée devant le collège Rosa Parks :

À L'ATTENTION DES PARENTS D'ÉLÈVES ET DU PERSONNEL

Suite à un problème sanitaire encore indéterminé et face à un risque d'infection, M. Brieu, chef d'établissement du collège Rosa Parks, en qualité de représentant de l'État au sein de cet établissement, prend toutes les dispositions nécessaires, en liaison avec les autorités administratives compétentes **(Rectorat et Assistance Publique Hôpitaux de Marseille)**, pour déployer le **Plan Particulier de Mise en Sécurité** afin d'assurer la sécurité des personnes et la salubrité de l'établissement.

Les textes qui donnent le sens de cette action sont : le **décret n° 2006-41 du 11 janvier 2006** relatif à la prévention des risques, aux missions des services de secours, et des règles générales de sécurité, le **décret n° 2001-368 du 25 avril 2001** relatif aux comportements à adopter en situation d'urgence, le **décret n° 85-924 du 30 août 1985** relatif à la sécurité dans les établissements publics locaux d'enseignement.

Les élèves et le personnel sont mis à l'abri. Ils n'ont pas le droit de sortir de l'établissement avant que l'alerte soit levée. Par conséquent le collège gardera ses portes fermées jusqu'à la levée de l'alerte par les autorités.

Respectez les consignes des autorités.

Ne venez pas chercher votre (ou vos) enfant(s) pour ne pas vous exposer au danger.

Ne téléphonez pas. N'encombrez pas les réseaux. Il faut les laisser libres pour que les secours puissent s'organiser.

Recevez avec prudence les informations parcellaires ou subjectives (celles recueillies auprès d'autres personnes, par exemple, grâce à des téléphones mobiles) n'émanant pas des autorités.

« L'institution scolaire assure la sécurité des élèves qui lui sont confiés. Elle doit veiller à ce que les élèves ne soient pas exposés à subir des dommages et n'en causent pas à autrui. »

Circulaire 97-178 du 18 septembre 1997

chapitre 12

Le sandwich était mangeable – thon crudités mayo.

Slimane mordait dedans en se concentrant sur les lignes des différents terrains visibles entre les groupes d'élèves et les cartables. Le marquage au sol lui permettait de ne pas lever la tête. Et de ne pas prêter attention au charabia de tous les externes retenus avec lui dans le gymnase.

À l'abri de rien – la foudre pouvait apparemment frapper n'importe où. N'importe quand – et n'importe qui. Même les plus costauds – le grand Fab s'était fait dégommer dehors tout à l'heure.

La mayo dégoulinait.

Laisse tomber – concentre-toi sur les lignes colorées.

Les lignes vertes du terrain de volley. Les lignes rouges du terrain de basket. Les lignes jaunes du terrain de badminton.

Et les lignes bleues du hand – le sport que Slimane pratiquait le plus brillamment.

– Dire que ces cons voulaient me virer le mois dernier… se plaignit Jordan. Et maintenant ils veulent plus me laisser sortir !

– Pour une fois que tu mets les pieds au bahut ! rigola Tom.

Slimane adorait les échos métalliques que renvoyaient les cages du gymnase quand sa balle frappait l'angle d'un poteau et de la transversale.

Il pensa à ce bruit – et à ses tirs vifs et agiles. Il marquait souvent lors des coups francs – depuis la ligne des 9 mètres. Il faisait semblant d'amorcer un tir en extension – mais envoyait au contraire fuser la balle à ras du sol sous les pieds de la défense qui sautait pour le contrer.

– Tiens… lui dit Karim.

– Quoi ?

– Papa veut te dire quelque chose.

Il saisit le portable que lui tendait son petit frère :

– Papa ?

– Oui mon fils. Comment ça va ?

– Ça va, Papa, et toi ?

Son père fébrile – à l'autre bout :

– Oui, ça va, je suis devant le portail du collège, là, ça va, on est un tas de parents, mais un car de police vient d'arriver et ils veulent qu'on s'en aille, qu'est-ce que c'est ces histoires, qu'est-ce qui se passe dedans ?

– Je peux pas t'en dire plus que Karim, Papa, on sait rien du tout.

– Il m'a dit que des élèves étaient morts !

– Oui.

– Oh mon Dieu !

– Mais ça va, Papa, on est en train de…

– Slimane !

– Oui.

– Slimane, je compte sur toi pour veiller sur ton jeune frère, tu m'entends ?

– Oui, Papa, t'en fais pas.

– Inch'Allah.

Il raccrocha – et essuya une coulée de mayo qui lui était tombée sur le pull.

– Pourquoi tu lui as dit que des élèves étaient morts ? il reprocha à Karim en lui collant une tape derrière le crâne.

– C'est pas moi qui lui ai dit, tous les parents sont déjà au courant, il m'a juste demandé si c'était vrai…

Ils finissaient leurs parts de tarte aux pommes quand les demi-pensionnaires se ruèrent hors du réfectoire – en panique malgré les tentatives des pions pour les calmer.

– Faut croire qu'un truc bien pourri s'est passé à la cantine ! commenta Jordan.

Slimane aperçut Mlle Heatherbarrow dans la cour – parmi les élèves affolés. Elle semblait pâle – et elle titubait. Mais il la perdit des yeux – au milieu de la cohue.

– On peut sortir du gymnase ? il demanda à Jamel qui veillait devant la porte.

– Vous avez fini de manger ?

– Ouais.

– Alors oui. Mais juste dans la cour. Pas plus loin. Et tenez-vous tranquilles.

Le pion agrippa Jordan par une manche pour lui préciser :

– Toi, fais gaffe, je te tiens à l'œil.

Une putain de pagaille dans la cour – tous les demi-pensionnaires hystériques.

– C'est quoi ce bordel ?

Une avalanche de mots leur parvint – « elle s'est arraché la blouse », « les doigts dans ses gros seins », « la gueule dans le bac de riz ».

Une femme de service venait de tomber raide sous leurs nez.

Slimane capta d'autres infos – « Loris le zombi », « Loris a fait le con », « Loris a frappé Mme Chape ».

Il repéra Loris en train de se masser le crâne devant le bloc sanitaire.

– Qu'est-ce que t'as foutu ?

– J'ai joué au mort-vivant et cette connasse a voulu m'arracher la tête…

Mme Chape – plus furieuse que jamais – suppliait le Principal d'intervenir :

– Isolez cet énergumène ! elle dit en pointant un doigt vers Loris.

– Putain ! rigola Slimane. Je l'ai jamais vue dans un état pareil ! Bravo mon pote !

Mais Loris ne rit pas – il avait mal au cuir chevelu. Il se passait les mains dans les cheveux en tâtonnant pour savoir d'où ça venait – une mèche lui resta dans les doigts. Une mèche de cheveux comme des brins d'herbe sèche – puis la peau de son crâne se fendit et il perdit connaissance.

– Un docteur ! cria Slimane en soutenant Loris par la taille. Il faut un docteur ici !

Une infirmière surgit – elle colla deux doigts contre le cou de Loris pour vérifier son pouls :

– Aidez-moi à le porter ! On va le conduire dans le hall !

Slimane glissa ses mains sous les bras de son pote pour le soulever – un âne mort. Il se dirigea à reculons vers les portes du hall – heurtant des élèves malgré l'infirmière qui leur ordonnait de s'écarter. Les cheveux secs de Loris tombant à tout va – et le sang qui lui sortait du crâne traçant une ligne continue sur leur passage.

– Les élèves n'ont plus accès au hall ! les arrêta un mec en blouse blanche.

Il repoussa Slimane et emporta Loris à l'intérieur en compagnie de l'infirmière.

Slimane désemparé – devant son pote inerte qui s'éloignait. Même si l'infirmière lui adressa un sourire pour le remercier. Slimane en sueur – à cause des efforts ou de la peur. Malgré le froid toujours aussi vif. Slimane en colère – à force de ne pas comprendre. Ou juste pour surmonter sa peur.

Des centaines d'élèves dans la cour, des pions et des profs aux abois, des blouses blanches incapables de gérer. Sans compter les pompiers qui ne savaient pas où donner de la tête. Les brancards et les gyrophares du SAMU. Et les parents affolés derrière le portail. Et même des flics maintenant.

Il chercha Karim – il le vit en train de discuter avec le petit blond.

– Tu connais Zak ? lui dit son frère pour faire les présentations.

Il serra la main du petit blond en disant :

– Non. Mais on s'est vus tout à l'heure avec un docteur.

Puis – un choc quand il remarqua Mlle Heatherbarrow.

À quelques pas. Courbée en deux contre les vitres du hall. Mlle Heatherbarrow ferma les yeux et vomit devant tout le monde.

Des 3èmes passèrent devant elle – des 3èmes D. La bande du grand Fab – désormais sans le grand Fab. Ils rigolèrent devant elle – et ça énerva Slimane.

– Mlle Suce-mon-barreau a l'air mal en point ! ricana l'un d'entre eux.

Slimane se jeta sur lui – Nino, celui qui avait la plus grande gueule, celui avec qui il s'embrouillait régulièrement.

Sans prévenir, haine et fureur soudaines, il lui colla un coup de poing dans la pommette gauche, un coup de genou dans le ventre, un coup de coude mal ajusté contre une omoplate et une avalanche de coups de pied à l'aveuglette, mais les collègues de la grande gueule firent vite barrage, le repoussant, le griffant, le saisissant par la gorge et lui retournant les bras.

– Mais ça va pas ! cria Cess – la danseuse chinetoque.

Nino saignait du nez mais ça ne l'empêcha pas d'ouvrir sa gueule :

– Ce connard se lâche parce que Fab n'est plus là pour lui foutre une branlée…

– Ta gueule ! cracha Slimane en se débattant. Tu vaux rien ! T'as une grande gueule mais t'as même pas des mains faites pour te battre !

– Ouais, c'est ça, chacun ses armes. Toi, t'as des mains de boxeur, bravo… Mais j'ai pas l'impression que tu saches te torcher le cul avec !

Éclats de rire – Slimane échappa à ceux qui le tenaient et fonça de nouveau sur ce bouffon.

Ils roulèrent par terre. Sur le béton glacé. Échange de coups. Des cris au-dessus d'eux. De la tension et de l'électricité.

Jamel les sépara brutalement – les empoignant par le cou et les envoyant valser loin l'un de l'autre :

– À quoi vous jouez ? On n'a pas besoin de ça aujourd'hui ! Vous n'avez pas encore remarqué ce qui se passe ici ou quoi ?

Silence et respiration.

Puis – Jordan avança vers eux.

Maladroitement, les bras écartés, les jambes qui tressautaient.

– Il s'amuse à imiter Loris… se moqua quelqu'un.

Jordan hocha mollement la tête et marmonna simplement :

– J'ai rien de prévu pour ces vacances… À part traîner dans le quartier… Jouer au foot en salle… Ou à *Call of duty* chez moi…

Une voix de souffrance – pleine de détresse.

Il ne ressemblait déjà plus à un jeune élève. Il ne ressemblait déjà plus à un garçon capable de rire ou de bondir. Il ne ressemblait déjà plus à rien de vivant.

Puis – ses os cassèrent comme des branches mortes et son sang se déversa à grands flots en coagulant aussitôt sur le béton.

Vendredi 17 février - 13 h 51

Échange téléphonique entre Mlle Heatherbarrow et son gynécologue le Dr Léger :

Mlle H. : *Je ne sais pas ce qui m'arrive… J'ai des haut-le-cœur, je vomis, j'ai la tête qui tourne… Et je me sens extrêmement faible…*

Dr L. : *Vous sentez des contractions ?*

Mlle H. : *Non, pas du tout, je ne sens rien à ce niveau-là…*

Dr L. : *Pas de pertes ? Pas de sang ?*

Mlle H. : *Non, pas à ce niveau-là, mais je crache du sang…*

Dr L. : *Venez me voir.*

Mlle H. : *Je ne peux pas… Je suis au collège… Et je ne peux pas me lever…*

Dr L. : *J'envoie les urgences vous examiner.*

Mlle H. : *Les urgences sont déjà là… Il se passe quelque chose de très grave ici…*

Vendredi 17 février – 13 h 55

Notes de M. Brieu sur son carnet personnel :

Nombre de décès : 12
dont 2 élèves de 6ème, 1 élève de 5ème, 3 élèves de 4ème, 4 élèves de 3ème, 1 membre du personnel d'encadrement (Mme Duffont), 1 membre du personnel de service (Mme Dutilleul).
10 personnes se font examiner en salle informatique.
31 personnes dans un état grave sont isolées en salle de permanence, dont 26 élèves, 3 professeurs, 1 surveillante, 1 membre du personnel de service.
Une quarantaine d'élèves et 2 professeurs sont au CDI avec l'équipe qui assure le soutien psychologique.

chapitre 13

Son nez saignait maintenant. À cause de Slimane. Et il avait mal aux côtes. À cause d'un coup de genou ou d'un coup de pied.

Nino identifia facilement la douleur. Ce connard de Slimane lui avait probablement fêlé une côte. Rien de grave, il fallait juste éviter de rire, il connaissait le truc, il s'était déjà brisé deux côtes l'année dernière en essayant de faire du skate.

Deux soignants voulurent pourtant l'emmener dans le bâtiment A. Alarmés par le sang qui lui sortait du nez. À l'affût du moindre signe anormal.

– C'est rien, je me suis juste battu, ça sera bientôt sec… il essaya de leur expliquer.

Mais ils l'attrapèrent par les bras et il ne chercha pas à les repousser car, même si la douleur qui lui traversait les côtes ne lui faisait pas peur, elle lui faisait suffisamment mal pour l'empêcher de résister.

La peur vint d'autre part. Du bâtiment A lui-même. Parce que, de tous ceux qui avaient été retenus dedans lors des visites ou qui y avaient été conduits après, rares étaient ceux qui en étaient sortis.

– Ils vont seulement te reboucher le nez… lui dit Cess pour le rassurer.

Cess en était sortie. Cess et ses lèvres bleues. Et ses longs cheveux noirs auxquels il aurait aimé se raccrocher.

– Tu viendras me chercher si je suis pas sorti dans cinq minutes ?

– Tu seras sorti avant ! Sur un brancard les deux pieds devant !

Elle rigolait. Son rire fragmentant l'air givré. Ressoudant presque aussitôt les côtes de Nino qui pénétrait dans le bâtiment A.

– T'es conne de te marrer avec ça ! lui reprocha Matt. Imagine qu'il revienne pas, merde, on sait jamais…

– Il va revenir.

– Ouais, j'espère, mais vous auriez mieux fait de vous embrasser pour une fois…

– T'es lourd.

– Avant que ce soit trop tard… insista Matt.

– Je préfère prendre le temps.

– Le temps de quoi ?

– Le temps de ne pas aller vite !

Elle plissa les yeux pour regarder par-dessus l'épaule de Matt et les agrandit :

– Sans déconner ! Regarde qui arrive derrière toi !

Il se retourna. Et sursauta presque. Écarquillant les paupières. Comme au réveil, suite à un rêve ou un cauchemar, entre chien et loup. Cherchant à savoir s'il s'était réellement fait mordre ou lécher le visage pendant son sommeil.

– Cha ! Merde alors… Qu'est-ce que tu fous là ?

Charlotte face à lui. Dans la cour. Charlotte fraîche et souriante.

– Holà, cache ta joie, Matt !

Elle avait peu dormi. Mais elle était encore plus belle avec ses traits inquiets et fatigués.

Matt ouvrit les bras et les referma autour d'elle. Ses lèvres contre ses lèvres, ses cheveux dans ses cheveux, son nez gelé sur ses joues glacées. Leurs yeux fermés, leurs corps soudés, leurs langues et leurs salives. Un peu de chaleur dans le froid de la cour.

– Comment t'es rentrée ? Ils ont fermé le portail !

– Je suis passée par le parking des profs…

De la joie plein la bouche et plein la tête, comme à la fin de ces films mélodramatiques où un couple séparé par des événements inimaginables se retrouve en s'embrassant au ralenti après avoir cru se perdre, même si eux n'avaient encore jamais songé à la possibilité de se perdre malgré les drames de cette matinée, ils ne s'embrassaient d'ailleurs pas au ralenti, au contraire, ils s'embrassaient vivement et précipitamment, comme s'ils savaient déjà que ça ne durerait pas, alors qu'ils ignoraient encore à ce moment-là que le temps qu'ils avaient devant eux était effectivement limité.

Cess sautillait pour éviter de claquer des dents :

– Bon, ça suffit, moi aussi je suis contente de te voir, Cha !

Mais ils poursuivirent leur étreinte, laissant juste échapper quelques mots entre leurs corps, de banals mots d'amour maintes fois répétés, des sourires et des soupirs, un peu de confusion, des gémissements et des tremblements, des amorces de phrases étouffées par leurs baisers, jusqu'à ce que Charlotte se détache pour demander simplement :

– Où sont Fab et Julie ?

L'euphorie disparut et le chagrin prit aussitôt le relais entre les lèvres de Matt :

– Je te l'ai dit, Cha, je te l'ai dit au téléphone…

– Quoi ?

Elle n'avait peut-être pas entendu. Ou pas voulu entendre. Elle n'avait peut-être retenu que les sanglots de Matt tout à l'heure au téléphone. Pas ce qu'il lui avait dit. Elle avait peut-être cru qu'il délirait. Pour ne pas croire ce qu'il disait.

– Ils ont emmené Julie voir le psy…

– Qui ça « ils » ?

Elle posa la question avant de remarquer enfin la présence des pompiers et des médecins. Elle ne leur avait pas encore prêté attention. Elle avait juste repéré Matt et s'était immédiatement précipitée vers lui après avoir franchi le muret du parking. Mais les uniformes et les blouses blanches naviguaient désormais nettement sous ses yeux, traversant ses pupilles comme des danseurs macabres, dans un silence qui donnait à leurs déplacements spasmodiques une allure de ballet aérien.

– Où sont Fab et Julie ? répéta-t-elle.

– Fab est mort, Cha, je te l'ai dit, il est tombé devant le réfectoire et il est mort…

Nino sortit du bâtiment A en soutenant Julie par un coude. Julie livide avec les yeux ronds et brillants. Nino un coton dans le nez.

– Il a pas voulu passer la visite médicale… sanglotait Julie.

Nino secoua la tête :

– Je crois pas que ça aurait changé quelque chose… On dirait que ça frappe n'importe qui sans prévenir… Regarde… Jordan a passé la visite comme nous et il est quand même mort…

– On se fout de Jordan ! grinça Cess. Même quand il était content ce connard avait l'air méchant !

Elle prit Julie dans ses bras en les joignant à ceux de Charlotte. Piètres consolations. Matt et Nino ne sachant que faire.

Incapables de savoir si ce qui s'était passé s'était réellement passé. Incapables de comprendre comment c'était possible. Incapables d'envisager l'instant d'après.

L'instant d'après était de toute façon hors de portée pour les esprits. 14 h 22. Alors que les cours étaient suspendus et que cinq cent cinquante élèves attendaient des consignes dans la cour. 14 h 22. Tous craignaient peut-être le pire mais aucun ne pouvait concevoir avec quelle véhémence le pire allait soudain faucher la plupart d'entre eux. 14 h 22. Même les plus cinglés n'auraient pu imaginer l'hécatombe qui suivit. 14 h 23. L'instant d'après. Une masse considérable de corps saisis de convulsions. Des artères virant au vert et des veines virant au violet. 14 h 23. Des veines et des artères gonflèrent en boursouflant les peaux et les chairs. Le long des bras, le long des épines dorsales, le long des cous. Le temps de quelques respirations. 14 h 23. Des respirations haletantes et des pulsations sourdes. Comme si chaque battement de cœur propulsait du gravier dans les organismes.

Les bronches et les alvéoles pulmonaires flétries par des brûlures. 14 h 23. Une masse considérable de corps se contorsionnant. Partout dans la cour. Des nerfs crispés, des muscles sclérosés, des membres recroquevillés. 14 h 23. Vomissements et saignements. Écoulements de bave. Nez et oreilles pleins d'écume écarlate. 14 h 23. Des organes arrosés d'acide. Des dents déchaussées et des brassées de cheveux par terre. Et comme des coups de hache dans les hanches. 14 h 23. Des jugulaires éclatèrent et des aortes rompirent. Des milliers de lésions dans des milliards de cellules. Des nuques brisées et des trachées ouvertes. 14 h 23. Une masse considérable de corps s'écroulèrent. Presque tous en même temps. Les agents de police et les médecins légistes qui interviendraient l'heure suivante dénombreraient plus de trois cents victimes. 14 h 24. Plus de trois cents corps jonchaient la cour comme si un avion passant au-dessus du collège venait juste de les lâcher en plein vol. 14 h 24. Et ceux que la foudre épargna tremblaient.

Vendredi 17 février - 14 h 25
Extrait du flash de France Info :

Intoxication alimentaire dans un collège à Marseille. Deux élèves sont décédés ce matin aux urgences de l'Hôpital Nord de la ville. Une équipe médicale est sur place pour effectuer des examens et identifier l'origine de ce drame. Une intoxication probablement provoquée par la salmonellose.

Vendredi 17 février - 14 h 28
Échange téléphonique entre le Recteur et M. Brieu :

R. : Les journalistes évoquent la salmonellose.

M. B. : Pardon ?

R. : Je viens d'écouter un flash de France Info dans lequel ils annonçaient que deux de vos élèves étaient décédés ce matin à cause de la salmonellose…

M. B. : La salmonellose ? N'importe quoi ! Au moins trois cents élèves viennent de mourir ! Aucun rapport avec la salmonellose !

R. : Trois cents élèves ?

M. B. : Au moins ! Et des enseignants ! Et des membres du personnel ! C'est une hécatombe, bon sang ! Mon établissement est en état de péril sanitaire ! Les médecins et les pompiers sont dépassés ! Il faut alerter la Préfecture et les autorités compétentes !

chapitre 14

Le sol semblait trembler. Au rythme de la chute des corps qui s'écroulaient dans le désordre.

Lila écrasa ses paupières les unes contre les autres.

Fermer les yeux. Pour ne pas voir. Fermer les yeux et attendre.

La plupart ne faisaient pas un bruit quand ils mouraient. Même pas le bruit d'un insecte qu'on écrase. Seuls ceux qui avaient peur hurlaient. Mais la plupart de ceux qui mouraient n'avaient pas le temps d'avoir peur. Et quand la mort leur en laissait le temps, alors la force leur manquait pour manifester leur peur en hurlant.

Même les grandes gueules s'effondraient sans un bruit. Grandes ouvertes sur le silence. Telles de simples masques de carnaval. Grimaçants et muets.

Fermer les yeux ne lui servit à rien. Les images traversèrent ses paupières avec toujours autant de précision. Comme des flashs éblouissants sous son crâne. Illuminant des gorges écumantes. Des tempes enflées et des poignets boursouflés. Des geysers écarlates jaillissant des carotides. Écoulements-éclatements-écrasements. Plaies en forme de scolopendres et constellations d'hématomes. Oreilles écorchées, ongles arrachés, os ébréchés. Une succession incessante de gros plans d'une violence inouïe.

Rouvrir les yeux ne fut pas pire. Et presque rassurant.

Le déluge semblait être fini. La lumière laiteuse de l'hiver semblait danser. Le temps semblait hésiter entre les secondes et les siècles.

Les victimes étaient si innombrables que ça ne pouvait pas être vrai. Malgré les détails clairs qui lui sautaient à la figure. Les miroirs de bave gelée sur le sol. Les touffes de cheveux amoncelées. Les dents éparpillées comme des cailloux jetés à la volée.

Se pincer. Pour vérifier. Sentir ses doigts rentrer dans la chair de son avant-bras. La réalité. Inconcevable et invraisemblable. Mais bien là.

Plus de corps par terre que de corps debout.

Des fronts ouverts. Des saignées et des flaques saumâtres. Des membres nécrosés qui tressautaient avant de se figer.

Lila avait déjà vu des images de charnier. En streaming dans une série que sa mère lui interdisait de regarder. *Game of thrones* peut-être. Ou dans des journaux télévisés. Après un crash aérien ou un massacre dans un pays lointain. En Afrique noire peut-être. Elle ne savait plus. Mais elle savait que l'abondance de corps inertes répandus dans la cour ressemblait à un charnier.

Ceux qui étaient debout ne bougeaient presque pas.

Hagards-ahuris-hébétés.

Ils n'en savaient pas assez pour pouvoir comprendre. Tu parles. Ils en savaient suffisamment pour savoir que ça n'avait aucun sens.

Zak à quelques pas de Lila. Le souffle court. En mode hyperventilation. Les yeux baissés et l'esprit ailleurs.

Ses jambes ne le portaient plus. Seule la terreur le maintenait debout. Et l'impression qu'un croc de boucher lui traversait le sternum pour l'empêcher de fléchir.

Des pensées effilochées le faisaient claquer des dents. À moins que ce ne fût le froid. Il se souvint de son cousin Hugo. Sans raison précise. Son grand cousin de 21 ans. Qui avait été victime d'une avalanche en haute montagne l'été dernier. Emporté par des tonnes de neige sur le flanc d'un glacier. Traîné et brisé sur plus de six cents mètres. Cinq morts. Seul Hugo avait survécu. Les hanches brisées. Les côtes et les clavicules émiettées. Zak était allé lui rendre visite à l'hôpital avec ses parents. Et il y repensait maintenant. Sans savoir pourquoi. Peut-être à cause du froid. Ou pour se raccrocher à un drame qu'il avait connu de près. Comme pour tenter d'amoindrir celui qui venait juste de s'abattre autour de lui. Faire reculer l'épouvante qui le cernait.

Plus de morts que de vivants dans la cour. Et presque tous les vivants connaissaient presque tous les morts. Certains connaissaient même désormais plus de morts que de vivants.

Zak chercha ses amis du regard. Parmi ceux qui tenaient encore debout comme lui.

Il vit Lila. Ses longs cheveux clairs. Et ses yeux comme des soucoupes volantes. Écarquillés devant le chaos.

Des médecins et des infirmières commencèrent à s'activer. Sans savoir où donner de la tête. Alors que les pompiers restaient pétrifiés dans leurs lourdes bottes.

Il vit Karim. Blotti contre son frère Slimane. Tous les deux plus livides que le mur blanc du bâtiment A contre lequel ils étaient adossés. Si immobiles que Zak les crut morts. Mais il remarqua de vifs nuages de buée leur sortir de la bouche. Signe de leurs respirations. Aussi saccadées que la sienne.

Les bottes des pompiers crissèrent entre les grésillements de leurs radios. « Alerte à toutes les unités ! » « Besoin immédiat de renforts ! » « Priorité de niveau maximal ! »

Il vit Rémi. « Désastre médico-sanitaire ! » Rémi qui marchait de biais. Entre le bâtiment B et le préau. « Multiples victimes ! Multiples morts instantanées et multiples blessés graves ! Multiples pronostics vitaux engagés ! » Rémi la bouche entrouverte. Les lèvres couvertes de gerçures qui lui entaillaient les muqueuses.

« Urgence absolue ! »

Rémi sourit en apercevant Zak, il sourit à peine mais l'incurvation de son sourire lui déchira la lèvre inférieure, un filet de sang coula le long de ses commissures et ses gerçures proliférèrent aussitôt, se répandant soudain comme une colonie de fourmis agitées sur son menton et sur ses joues pour lui englober entièrement le visage en le labourant de profondes coupures.

Pendant que les médecins glapissaient. « Infection virale ! » Pendant que les pompiers beuglaient. « Contamination de grande envergure ! »

Rémi tomba à genoux en hurlant :

– J'ai mal !

Personne pour le retenir et personne pour le protéger.

Seule une infirmière se pencha sur lui.

– Est-ce que je vais mourir ? lui demanda Rémi.

Mais personne pour le rassurer.

Et il mourut pendant que les radios des secours réclamaient toutes le « déclenchement du dispositif Orsec ».

Lila referma les yeux. Le corps secoué de sanglots.

Zak fit quelques pas et s'assit sur un banc. Le cœur tambourinant.

Dépit-détresse-désespoir.

Et ce n'était pas fini. Déjà un nombre incalculable de victimes, au milieu de la cour, le long des murs, sous le préau, partout, des élèves, des pions et des pionnes, des profs, tous étaient vivants ce matin, au pire quelques-uns avaient une maladie hivernale, mais tous étaient morts maintenant, gisant dans le plus grand désordre, recroquevillés en boule ou étendus en vrac comme des paquets de linge mouillé, parfois les uns sur les autres, parfois seuls, baignant dans leur sang et leurs déjections, leurs visages gris figés par des expressions étonnantes, des expressions d'épouvante pour la plupart, des expressions sereines pour certains, mais tu parles, tous étaient déjà raides, tous étaient déjà morts. Et ce n'était pas fini.

Un pompier se contorsionnait devant le bloc sanitaire. Il tentait de se rattraper à l'air froid pour rester debout mais ses mains ne saisissaient que le vide. Il s'affaissa lentement. Ses pieds le démangeaient. Il entreprit d'enlever ses bottes mais il en fut incapable. Les jointures de ses doigts se raidirent et ses phalanges s'atrophièrent.

Il eut le temps de voir ses poignets se tordre et de sentir leurs cartilages se déchirer avant de sombrer.

M. Brieu sortit du hall en bras de chemise. Sans même sentir les morsures du froid. Échevelé et à moitié fou. Au téléphone. En train de hurler. En compagnie de médecins et de pompiers. Tous dans le même état que lui.

Un des médecins vint s'asseoir sur le même banc que Zak. Défait et épuisé. Il se colla contre le dossier glacé et observa le ciel. Fixement. Indifférent à tout le reste.

Zak tourna la tête vers lui. Il remarqua que sa blouse blanche était couverte de sang. Et que du sang lui sortait des oreilles. À gros bouillons. Pas du sang rouge. Mais du sang couleur foie.

Un médecin était en train de mourir. Juste à côté de lui.

Et ce n'était pas fini.

Vendredi 17 février - 14 h 31

Échange téléphonique entre le Pr Koenig responsable du pôle « Réa-Urgences » de l'Hôpital Nord et le Conseiller ministériel en charge de la Sécurité sanitaire :

Pr K. : La croissance du nombre de victimes est exponentielle. Ce virus vient de tuer trois cents personnes en moins de cinq minutes. On est face à une épidémie mortelle foudroyante.

C. m. : Est-ce une attaque bactériologique de type terroriste ?

Pr K. : Ça me semble peu probable…

C. m. : D'où ça vient ?

Pr K. : On ne sait pas encore d'où ça vient… Mais c'est là ! C'est une véritable catastrophe sanitaire… Et ça représente un risque majeur de pandémie !

C. m. : Entendu. Je contacte immédiatement le ministre de l'Intérieur. Son responsable de cabinet et le Préfet des Bouches-du-Rhône assureront la gestion du dispositif Orsec.

Vendredi 17 février - 14 h 38
Connexion du smartphone de Lila sur Wikipédia :

PLAN ORSEC

Le **dispositif Orsec** organise les plans d'urgence pour la gestion des catastrophes à moyens dépassés.

Le terme Orsec est l'acronyme d'**Organisation de la Réponse de Sécurité Civile**.

C'est un système polyvalent permettant l'organisation globale des secours et le recensement des moyens publics et privés susceptibles d'être mis en œuvre en cas de catastrophe.

La mise en place du dispositif Orsec permet la planification des secours sous une direction unique. Le Préfet prend la direction des opérations de secours (DOS). Il organise la mobilisation, la mise en œuvre et la coordination des actions de toute personne concourant à la protection générale des populations.

Le plan Orsec comprend : un inventaire et une analyse des risques et des effets potentiels des menaces de toute nature pour la sécurité des personnes, des biens et de l'environnement ; un dispositif opérationnel répondant à cette analyse et qui organise dans la continuité la réaction des pouvoirs publics face à l'événement ; les modalités de préparation et d'entraînement de l'ensemble des personnes publiques et privées à leur mission de sécurité civile.

Vendredi 17 février - 14 h 43

Échange téléphonique entre le Pr Fabre en intervention au collège Rosa Parks et le Pr Berger responsable du pôle « Maladies infectieuses » de l'Hôpital Nord :

Pr F. : C'est un coronavirus.

Pr B. : Comparable au SRAS ?

Pr F. : Lointainement. Celui auquel nous avons affaire est bien plus virulent. Sa période d'incubation est de six à huit minutes. Et l'infection déclenche la mort presque aussitôt. Provoquant une dégénérescence spontanée des leucocytes et entraînant des lésions anarchiques dans tout l'organisme.

Pr B. : Avez-vous pu l'isoler ?

Pr F. : Non. Je suis uniquement parvenu à l'observer.

Pr B. : Avez-vous une idée de son origine ?

Pr F. : Pas du tout. J'ai reçu les résultats des analyses toxicologiques des prélèvements. Ils ne révèlent rien. L'eau est saine. La pollution de l'air n'est pas supérieure à la normale. Et pas la moindre trace de bactéries dans la cantine.

Pr B. : Quelles sont ses voies de transmission ?

Pr F. : Toutes les voies ouvertes de l'organisme. Même les pores de la peau.

Pr B. : Vous n'êtes donc pas à l'abri ?

Pr F. : Non. Un médecin des urgences vient d'ailleurs de succomber. Il faut nous faire parvenir des combinaisons isolantes NBC.*

Pr B. : Avez-vous au moins une nouvelle encourageante pour éviter le pire ?

Pr F. : Le pire ?

Pr B. : Oui, une pandémie, par exemple.

Pr F. : J'ai deux nouvelles relativement optimistes. La première est que ce virus ne survit pas à son hôte. Il meurt en même temps que l'organisme qu'il infecte. La seconde est que, selon les études que je viens d'effectuer, ce virus ne touche que l'espèce humaine. Les animaux ne l'acceptent pas. J'ai vérifié sur des cellules de rats, de pigeons et de moustiques, toutes le rejettent. Ce qui permet de ne pas craindre une dispersion incontrôlable.

---

* Combinaison NBC : combinaison de protection étanche permettant d'évoluer dans les zones Nucléaires, Bactériologiques ou Chimiques.

chapitre 15

Les bras autour de son petit frère – il le serrait contre sa poitrine.

Des reflets rouges et des flaques opaques par terre.

La cour comme un champ de bataille – tout droit sorti de *Call of duty*. Mais sans un seul coup de feu – et sans un seul ennemi visible. Sans écran – et sans connexion.

Une jambe arrachée et un homme éventré tout près d'eux. Des touffes de cheveux comme des feuilles mortes un peu plus loin. Des tas de corps méconnaissables au-delà. Du vomi et du sang à perte de vue.

Combien de victimes – des centaines. Des cadavres en veux-tu en voilà – plus de la moitié du collège. Et ça avait pris quoi – même pas cinq minutes.

Slimane complètement flippé :

– Karim ?

Aucune réponse – alors il cria plein de nausées et de vertiges. :

– Karim ! Ça va ?

– Tu m'écrases le nez… se plaignit son frère. J'arrive même pas à respirer !

Il desserra son étreinte et Karim glissa la tête hors de ses bras.

Ce fut l'odeur qui atteignit d'abord son petit frère – avant de voir quoi que ce soit. L'odeur âcre qui envahissait l'air – l'odeur du vomi et du sang. Avant même que ses yeux survolent les dégâts – son petit frère se mit à trembler.

Slimane le serra un peu plus fort contre lui :

– C'est fini, t'inquiète pas, je crois que c'est fini…

Mais il mentait – et il le savait. Rien ne signifiait que c'était fini – au contraire. La foudre frappait encore – moins frénétique mais toujours menaçante.

Les survivants ne semblaient pas être à l'abri.

Tous immobiles. Statufiés par la peur. Pâles et sans force. Comme morts debout.

Et certains s'écroulaient parfois sans prévenir.

Même les soignants et les pompiers – leurs uniformes marines et leurs blouses blanches fendant le froid. Même eux tombaient – aussi brutalement que les autres. Même un docteur venait de crever – ça voulait bien dire que personne n'était à l'abri.

Karim essaya de se dégager mais Slimane le retint :

– Reste là ! Où tu comptes aller ?

– Voir Zak… Il est là-bas…

Zak – le petit blond. Assis sur un banc – juste à côté du docteur mort.

– Laisse tomber. Tu restes avec moi.

Il entendit les parents qui hurlaient devant le portail du collège. Des appels déchirants. Des pleurs et des supplications. Il entendit des sirènes approcher. Torpillant le ciel sur deux rythmes différents. Celles des urgences et celles de la police. Il entendit des freins crisser. Des pneus mordre le goudron. Des portes de camions claquer. Et des haut-parleurs qui crachaient des consignes inaudibles.

– Regarde tous ces gyrophares ! lui indiqua son frère. Qu'est-ce que tu crois qui va se passer ?

– J'en sais rien, putain, mais les flics c'est jamais des bonnes nouvelles.

Il pensa à leur grand-père. Celui du côté de leur mère. Qui habitait Avignon. Qui avait des problèmes respiratoires. Et qui s'était fait casser le nez par des flics l'année dernière. Juste parce qu'il n'avait pas voulu leur montrer ses papiers.

Des cognements sous son crâne – comme des coups de marteau.

Et le froid toujours là. Le froid qui collait du givre sur les yeux des vivants. Et qui rendait cassantes les paupières des cadavres.

– C'est mon prof de sciences et vie… dit Karim.

– Qui ça ?

Son frère désigna l'homme éventré juste devant eux :

– Lui…

La jambe arrachée ne lui appartenait pas. Elle était dans un épais collant déchiré. Reliée par des mailles de tissu effiloché à un autre corps. Celui de Solène. Une fille de 5ème que tout le collège surnommait « Solène-la-vilaine ».

Slimane ne vit son pote Tom nulle part – et il ne le reverrait jamais.

Il observa ceux qui se tenaient debout. Il reconnut Youri là-bas près du grillage et cette grande gueule de Nino devant le préau. Il remarqua M. Brieu qui allait et venait entre les portes du hall. Qui suait comme jamais. Qui gueulait contre les pions et les profs qui l'encerclaient.

Aucune trace de Mlle Heatherbarrow – merde. Il avait vu des pompiers l'emmener dans le bâtiment A tout à l'heure – un peu avant 14 heures. Merde – il était maintenant 15 heures.

Il fit un signe de la main à Youri.

Ce dernier évalua le chemin à parcourir entre les cadavres pour le rejoindre – et finit par se pointer au pas de course :

– Putain… Tom est mort… Najib est mort… Lucie est morte… Samir et sa sœur Djamila sont morts…

Il tremblait. Il claquait des dents. Il agitait les bras dans tous les sens.

Des portables sonnaient – mais plus personne pour les décrocher.

Les cris et les hurlements reprenaient le dessus.

– Calmez-vous ! gueula M. Brieu à des profs surexcités.

– Comment voulez-vous qu'on se calme ? On va tous crever si on reste ici !

Mme Chape fit sa maline – genre « je maîtrise la situation » :

– Il suffit de savoir faire preuve de volonté pour se protéger.

– N'importe quoi ! lui jeta cette grande gueule de Nino. Vous croyez que tous ceux qui sont morts avaient la volonté de mourir ?

Ça ne démonta pas cette connasse prétentieuse :

– Je ne sais pas… Mais je sais que j'ai personnellement la volonté de rester vivante et que je vais le rester… Je vous parle d'une volonté vraiment chevillée au corps…

– J'ai personnellement chevillée au corps la volonté de vous traiter de connasse ! lui retourna Nino – et Slimane l'approuva pour une fois.

– Calmez-vous ! répéta M. Brieu. Je vous en prie !

Mais un hoquet étrangla Mme Chape. Ses vertèbres cervicales claquèrent. Son dos se fendit par le milieu sur toute sa longueur. Sa moelle épinière se désagrégea. Et elle s'écroula en se disloquant comme si plusieurs coups de hache venaient de lui morceler l'épine dorsale.

Un docteur déboula – celui qui avait posé des questions à Slimane et Zak tout à l'heure devant le gymnase.

– Un convoi médical va pénétrer dans le collège ! il annonça. Faites de la place et veillez à la sécurité de chacun…

« Interdiction absolue de rentrer ou de sortir ! » crachèrent les haut-parleurs.

Et – les grilles du portail coulissèrent.

Un tas de flics postés des deux côtés. Pour éviter la ruée. Empêcher les parents de rentrer. Retenir les profs et les élèves qui cherchaient à sortir. Ouvrir la voie aux trois camions qui avançaient dans la cour.

Et – une putain de farandole.

Une trentaine de personnes en combinaison orange. Enveloppées des pieds à la tête. Avec des casques vitrés et des tuyaux et des bouteilles d'oxygène.

Et – les grilles du portail se refermèrent.

Un prof péta un boulon – il bouscula M. Brieu qui lui barrait le passage et sprinta vers l'autre bout de la cour en braillant :

– Je ne reste pas ici une minute de plus !

Des flics le coursèrent. Trop tard – le prof franchit le muret qui donnait sur le parking et monta dans sa caisse. Faisant rugir le moteur. La main crispée sur le levier de vitesse. Trop tard – du sang lui gicla des yeux. Du sang et du pus et de la cendre. Il enclencha la marche arrière. Trop tard – il était déjà mort. Des copeaux de charbon dans tout son corps. Un flic ouvrit la portière. Trop tard – le prof s'effondra sur le volant et le klaxon transperça l'air froid en ricochant contre les murs gris du collège.

Vendredi 17 février - 15 h 06

Notification par télécopie de la Préfecture des Bouches-du-Rhône au Principal du collège Rosa Parks :

Arrêté Préfectoral de Santé Publique
SP 1615-17-02-2014

OBJET : Mise en quarantaine du collège Rosa Parks dans le cadre du dispositif Orsec

Compte tenu des risques induits par les troubles de santé ayant lieu depuis ce matin dans le collège Rosa Parks situé dans le 15ème arrondissement de Marseille, et suite aux informations notifiées par le Pr Berger et les Services Hospitaliers de Marseille, concernant un état de péril infectieux et un risque de pandémie, le Préfet des Bouches-du-Rhône **interdit à toute la population présente dans le collège Rosa Parks de sortir de l'enceinte de cet établissement jusqu'à nouvel ordre**.

Cet Arrêté Préfectoral est à **effet immédiat**.

Il s'inscrit dans le cadre du dispositif Orsec mis en place ce vendredi 17 février à 15 heures.

chapitre 16

Quelque chose avait changé. Pas seulement le nombre de morts et de vivants. Quelque chose de moins évident. Dans l'air peut-être. Ou dans l'inclinaison du sol. Dans la coloration de la lumière ou dans la disposition de l'espace. Ce n'était pas net mais quelque chose avait indéniablement changé.

Matt se frotta les yeux.

Les lignes avaient bougé. Les piliers du préau n'étaient plus parallèles. Le toit se gondolait imperceptiblement. Et les distances n'étaient plus les mêmes. Comme si elles avaient rétréci ou augmenté par endroits.

Il tenta de respirer plus calmement. Ses bras autour de Charlotte et les bras de Charlotte autour de lui. Les pulsations de leurs cœurs orchestrant une épouvantable partition.

Les bruits ne faisaient plus le même bruit. Assourdis ou déchirants. À la fois lointains et proches. Un souffle pouvait passer pour un cri mais le klaxon de la voiture qui hurlait encore dans le parking devenait inaudible.

Même l'écoulement du temps était différent. S'étirant ou s'accélérant par moments. Selon des intervalles irréguliers. Sans aucune logique.

Peut-être que des radiations soulevées par la foudre étaient responsables de tout ça. Des radiations ou des ondes néfastes suspendues dans le froid. Qui déformaient les matières et saccageaient les dimensions.

Ou alors ce n'était que dans la tête de Matt. Ses sens malmenés par un tas de distorsions. Brouillés et ébranlés par la peur et l'évidence de la mort.

À cause des victimes, si innombrables qu'elles troublaient son champ de vision, leur densité flétrissant même les contours des bâtiments.

Il préféra baisser les yeux. Se coulant un peu plus entre les bras de Charlotte.

Un nouveau mot circulait. « Coronavirus. » Un mot effrayant. Aucun élève ne savait ce qu'il signifiait mais ses sonorités carnassières résonnaient avec cruauté. Ce mot contenait pour les survivants davantage de menaces et de douleurs que tout le reste.

Davantage de douleurs dans les respirations et davantage de menaces dans les secondes.

Et davantage de peur. Partout. Davantage de peur.

Dans les narines, dans les cartables, dans les poches des blousons, dans les têtes pleines de tourments, dans la rouille effritée des bancs, dans le crépi hérissé des façades, dans chaque vibration et dans chaque angle.

Et les flics et les scaphandres du service de virologie qui venaient de débarquer n'avaient rien de rassurant, au contraire, ils galvanisèrent les inquiétudes, même si leur présence n'était pas plus incongrue ni plus dérangeante que celle des cadavres.

Les trois camions blancs ressemblaient à des monolithes dans la cour. Des monolithes vers lesquels tous les médecins et toutes les infirmières se précipitaient. Tous pénétraient dans les camions pour troquer leur blouse blanche contre une combinaison isolante intégrale.

Julie regardait fixement ses pieds. Cess sentait le froid lui taillader les lèvres à coups de silex. Nino se massait les côtes en vérifiant la mèche de coton enfoncée dans son nez. Charlotte et Matt se serrèrent encore un peu plus.

Tous désarmés et impuissants. Sans plus aucun repère véritablement tangible.

La sensation d'être dans une zone inconnue. Inexplorée et inhospitalière. Ou face à une impasse. Comme sur un pont inachevé suspendu au-dessus du vide.

Nino trouva pourtant la force de sortir une connerie devant l'équipe médicale du service de virologie en combinaison orange hermétique :

– Regardez ça… Ils se sont déguisés en préservatifs géants !

Seule une infirmière qui n'avait pas encore enfilé la sienne sourit. Elle savait peut-être qu'il n'avait utilisé un préservatif qu'une seule fois. Pour se branler et voir comment ça faisait. En pensant à Cess. Cette infirmière savait peut-être comme tout le monde qu'il n'avait encore jamais couché avec personne.

Matt grimaça :

– Comment tu peux encore déconner ?

– Je sais pas… Mais je vois pas quoi faire d'autre…

Brieu et les flics demandèrent aux survivants de se regrouper devant le gymnase. Mais la plupart n'entendirent pas. Et la plupart de ceux qui entendirent ne bougèrent pas.

L'infirmière dit à Nino :

– Si vous ne voyez pas quoi faire, aidez vos camarades à suivre les consignes, poussez-les vers le gymnase.

Et elle courut vers un camion blanc pour revêtir sa combinaison.

Le temps qui leur restait à tous était peut-être compté. Il y avait un avant, tous le savaient, tous se souvenaient d'avant l'hécatombe ou d'avant les premiers cris de cette journée. Mais il n'y avait peut-être plus d'après. Ou bien après se limitait peut-être à quelques instants. Alors que faire de maintenant ? Maintenant que l'urgence semblait réduire le temps. Se rendre utile était peut-être la meilleure façon de ne pas penser au pire.

Nino secoua avec Cess et Julie quelques survivants inactifs. S'écartant de ceux qui bavaient. Se méfiant de ceux dont le regard était voilé.

Certains pleurnichaient. Certains grelottaient. Certains déliraient.

Tous sûrs que le monde dont ils avaient l'habitude, le monde qu'ils croyaient connaître, le monde qui les avait maintenus debout jusque-là, n'existait plus.

Vendredi 17 février - 15 h 15

Extrait du flash de France Info :

Nous vous annoncions tout à l'heure le décès de trois collégiens, à Marseille, suite à une infection, mais les événements se précipitent et les informations qui nous parviennent sont alarmantes. Au moins une vingtaine d'élèves auraient trouvé la mort depuis ce matin dans le collège Rosa Parks, des parents parlent même d'une centaine de victimes, le SAMU et les pompiers sont sur place, un responsable des Urgences médicales de Marseille nous a affirmé hors micro qu'il s'agirait d'un virus foudroyant et encore inconnu. Tout ça au conditionnel car ces informations sont à prendre avec précaution, nous avons encore très peu d'éléments sur la situation, la Préfecture des Bouches-du-Rhône, l'Académie de Marseille et le personnel de l'établissement sont injoignables... Mais un parent d'élève nous a joints au téléphone il y a quelques instants et je vous propose d'écouter son témoignage :

« C'est affreux, il y a des morts dans la cour, plein d'élèves morts ! Et des profs aussi... Et même des pompiers ! On les voit à travers les grilles... On voit leurs corps... Ils sont tombés comme des mouches tout à l'heure ! Comme des mouches je vous dis... Oh c'est affreux... On sait pas ce que c'est mais c'est affreux ! J'ai jamais vu ça... Jamais... Ils disent que c'est un virus. Et ils ne veulent pas nous laisser entrer... On est entassés devant les grilles du portail et ils ne veulent pas nous laisser entrer, ils ont fermé

le portail à clé... La police est là, il y a au moins trente policiers qui nous empêchent d'entrer, ils ne veulent pas nous laisser récupérer nos enfants ! Un monsieur vient de reconnaître son fils par terre, de loin, parce que son fils porte une écharpe jaune... Mais comment savoir ? Moi ça va je viens juste d'avoir ma fille au téléphone, elle va bien, elle est vivante... Mais un tas de parents n'arrivent pas à joindre leurs enfants... Ça sonne mais ça ne répond pas... Qu'est-ce que ça veut dire ? On dirait qu'il y a plus de morts que de vivants dans la cour ! Plus de morts que de vivants ! Vous vous rendez compte ? »

La situation est encore confuse, comme vous venez de l'entendre, mais notre correspondant à Marseille qui est sur les lieux de ce tragique événement sera en ligne tout à l'heure pour nous donner des précisions.

chapitre 17

Le métal glacé du banc traversait ses vêtements et gelait la sueur qui lui coulait dans le dos.

Mais Zak ne sentait plus le froid. Zak ne sentait même plus la peur. L'avalanche de victimes avait balayé le froid et la peur pour ne laisser place qu'à la stupéfaction.

À croire que l'accumulation si invraisemblable de drames et de chocs si improbables avait fini par étouffer ses sensations les plus palpables.

Il se leva pour suivre Lila et les autres vers le gymnase. Mais il se leva trop vite. Le sol et le ciel chavirèrent et il dut écarter les bras comme un piètre funambule pour garder l'équilibre.

Respirer. Chasser le vertige. Retrouver la stabilité.

Entre les bouches ouvertes et les mains boursouflées des cadavres.

Plus aucune trace de peur dans sa tête. Juste des vertiges. Et des échos.

Balancements-bourdonnements-vrombissements.

Un garçon bien plus grand que lui mais complètement démuni l'agrippa par une manche en pleurnichant :

– Tous ceux de ma classe sont morts !

Zak se demanda pourquoi il lui disait ça à lui. Il ne le connaissait pas. Il ne lui avait jamais parlé. Il ignorait même son prénom.

– Je suis en 3ème B et tous ceux de ma classe sont morts ! beugla le garçon en lui serrant le bras un peu plus fort.

– C'est Jonas, souffla Karim à Zak, il joue au hand avec mon frère.

– Tous ceux de ma classe sont morts !

– Ta gueule ! lui jeta Slimane.

Jamel et quelques pions tapèrent dans leurs mains pour faire suivre les consignes de M. Brieu :

– On va tous se regrouper calmement dans le gymnase.

Des soignants en combinaison orange écartaient les cadavres pour déblayer le passage. Jetant des bâches sur le sol. Pour recouvrir le sang, les déjections, les touffes de cheveux. Empêcher tout contact avec les déchets organiques contaminés. Et les élèves marchèrent sur ces bâches en entendant craquer des dents sous leurs chaussures.

– Tous ceux de ma classe sont morts ! continuait de répéter Jonas.

Mais il lâcha soudain le bras de Zak et fit marche arrière :

– Faut que j'aille pisser...

Il remonta la file à contre-courant vers le bloc sanitaire. Et presque tous réalisèrent aussitôt qu'ils avaient également envie de pisser. Même Zak. Même Karim et son frère Slimane. Alors ils lui emboîtèrent le pas. Presque tous se rendirent aux toilettes en se bousculant.

Et leurs chaussures firent à nouveau crisser des dents sous les bâches.

Zak se passa de l'eau froide sur le visage. Sans la sentir. Il en but de longues gorgées. Sans se désaltérer.

Le sol tanguait toujours.

Des cris de soulagement et de satisfaction dans les toilettes. « Ouah ! Ça fait trop du bien ! » Tu parles.

Jonas ouvrit sa braguette et se cala devant un urinoir. Rien ne sortit. Il souleva ses talons et donna des coups de bassin. Rien ne vint. Son front brûlait et ses mâchoires se tordaient. Il regarda sa bite entre ses doigts gelés. Flétrie et recroquevillée. Il la secoua et s'encouragea : « Allez, putain, vas-y, pisse ! »

Mais sa vessie éclata soudain à l'intérieur de son bas-ventre. Ça lui ébouillanta les tripes et il hurla. Il hurla mais il comprit aussitôt qu'il ne servait à rien de hurler. Il n'entendait même pas ses hurlements. Et il ne sentit même pas le carrelage quand il s'écroula dessus. Ni l'odeur de ses excréments. Ni le vide qui lui fendit le crâne.

Zak retourna vers le gymnase.

Calmement-machinalement-mécaniquement.

Alors que la peur se ruait hors du bloc sanitaire pour électrifier une fois de plus tout le monde. La peur et le délire. Des deux côtés du portail. Aussi bien parmi les élèves et les profs que parmi les parents. Les uns voulant sortir et les autres voulant entrer. Aussi survoltés les uns que les autres. Le délire et l'affolement. Les flics finirent par sortir leurs matraques pour les maîtriser. Repoussant les parents qui montaient sur les grilles. Repoussant les élèves et les profs qui tentaient de les rejoindre. Cris-collisions-percussions. L'affolement et la panique.

Lila décrocha son téléphone sans savoir depuis combien de temps il vibrait :

– Allô ?

Sa voix douce et ses yeux larges.

– Oui, il est juste à côté de moi, vous voulez lui parler ?

Elle le tendit à Zak :

– C'est ton père. Ma mère lui a donné mon numéro. Il veut te parler.

Il écouta son père sans réussir à le comprendre mais finit par lui répondre :

– Ça va, je suis avec Lila, ils vont nous rassembler dans le gymnase.

Alors que des pompiers commençaient à dénombrer les cadavres dans la cour.

– Ils feraient mieux de compter les vivants… dit Lila. On est moins nombreux…

Vendredi 17 février – 15 h 23
Extrait du flash de France Info :

Notre correspondant permanent à Marseille, Laurent Gauriat, est en ligne pour faire le point sur la situation inquiétante du collège Rosa Parks :

« Une situation inquiétante, effectivement, et qui laisse craindre le pire car ce qui se passe ici est presque surréaliste. Je suis devant le portail du collège, l'accès à l'intérieur de l'établissement est strictement interdit mais, de l'extérieur, rien qu'en constatant le nombre de véhicules des urgences alignés le long des grilles, on comprend que la situation est grave. Neuf camions du SAMU, six camions de pompiers, quatre camions de police, et il en arrive encore, vous pouvez entendre les sirènes derrière moi, la rue vient d'ailleurs d'être bloquée pour faciliter le travail des autorités et des secours, le collège Rosa Parks semble tout simplement être en état de siège. Une trentaine d'agents de police en surveillent le pourtour. Ils ont reçu l'ordre de ne laisser entrer et sortir absolument personne. Le plan Orsec a officiellement été déclenché à 15 heures et l'établissement est placé depuis en isolement sanitaire jusqu'à nouvel ordre. La plupart des forces de l'ordre sont disposées de part et d'autre du portail, où une centaine de parents d'élèves jouent des coudes pour tenter d'en savoir plus, c'est la cohue… Je ne sais pas encore ce qui se passe, mais je vais essayer de me faufiler près des grilles pour vous en dire un peu plus… Si j'y parviens car il y a beaucoup de

monde... Je vais essayer de voir ce qui se passe à l'intérieur... Pardon... Excusez-moi...

– Laurent ?

– Oui... Je tente de me frayer un passage vers les grilles... C'est pas facile, vous entendez, des gens crient, des gens pleurent, bon sang, un tas de gens pleurent, je ne sais pas ce qui se passe... Et... Oh mon Dieu ! C'est épouvantable !

– Que se passe-t-il Laurent ?

– C'est épouvantable ! Ce que je vois à travers les grilles est épouvantable ! Il y a un nombre considérable de victimes, allongées inanimées sur le sol, c'est affreux ! Il y en a tant que je ne peux pas les compter... Je ne sais pas... Il y en a plus d'une centaine, je dirais même deux cents, deux cents victimes ! Et encore on ne voit pas tout depuis les grilles car le principal bâtiment du collège masque une grande partie de la cour, mais c'est un charnier... »

chapitre 18

On les regroupa encore dans la chaleur étouffante du gymnase – comme si c'était un abri sûr.

Slimane garda ses deux mains fermées sur son petit frère.

Une petite émeute venait de secouer la cour – il avait regardé ses camarades se jeter sur la rangée de flics sans bouger. Il savait que c'était perdu d'avance – et il n'avait pas assez d'énergie pour entraîner Karim avec lui devant les matraques de ces bâtards. Il s'était contenté d'allumer une clope – personne ne l'avait remarqué à part son frère.

– Qu'est-ce que tu fous, Slimane, c'est interdit de fumer dans le collège !

– Ta gueule ! il lui avait répondu. Tout le monde s'en fout et ça va pas me faire de mal…

Pendant que ça hurlait. Pendant que des parents escaladaient le portail. Pendant que les flics mataient vite et bien les profs et les élèves qui cherchaient à se casser.

Youri qui se tenait en première ligne avait reçu de sales coups – il était revenu avec une méchante bosse sur le front. Il avait repoussé des docteurs en combinaison orange qui voulaient l'entraîner vers le bâtiment A – où personne ne savait ce qui se passait. Et seuls des cris répondaient aux matraques – des cris de peur et de douleur.

De l'autre côté des grilles, dans la rue, un conducteur surpris par le chahut ou gagné par le délire avait perdu le contrôle de son véhicule et embouti un camion de pompiers en stationnement.

Mais tout était rentré dans l'ordre maintenant – les flics savaient y faire.

Slimane s'assit avec Karim et Youri sur la ligne des 9 mètres dans le gymnase.

La bosse sur le front de Youri enflait à toute allure – façon *Fast and Furious*.

– T'as pris une matraque dans la gueule ou quoi ?

– Ouais… Ou alors, merde, c'est la peste bubonique !

Une rumeur de plus – comme « coronavirus » entendu tout à l'heure.

Sauf que ça faisait marrer Youri :

– La peste bubonique, putain, tu vois ce que c'est ? On a étudié ça en histoire l'année dernière !

– J'étais pas dans ce bahut l'année dernière… lui rappela Slimane. Et j'ai rien étudié du tout…

Aucun regret dans sa tête – mais on aurait pu croire en entendre dans sa voix.

– Je crève de chaud… dit Karim en enlevant son blouson.

– Qu'est-ce que tu fous ? Remets-le !

– Mais je crève de chaud…

Slimane lui colla une tape sur la nuque :

– Tu le remets et tu le gardes !

À croire que ce foutu blouson allait pouvoir protéger son frère de la foudre.

Il leva les yeux vers le panier de basket – qui dessinait comme une auréole au-dessus de la tête de Karim. Il crut voir des brèches dans le haut plafond arrondi du gymnase – des brèches à travers lesquelles il crut distinguer toutes les failles du cosmos. Son père lui avait demandé de veiller sur son petit frère – il le ferait et il l'aurait fait sans que personne ne lui demande.

– Cessez de bouger ! ordonna M. Brieu. Nous allons vous compter !

Des élèves rigolaient près de la ligne de fond – des élèves que Slimane ne connaissait pas. Ils se moquaient de la Chèvre – une prof qui était en train de les compter. Slimane la connaissait de réputation – on l'appelait la Chèvre à cause de ses grandes dents de devant.

– Elle a même pas perdu ses dents ! ils ricanaient.

Ça les aidait peut-être à se débarrasser de leur peur – ou à la mettre de côté.

Youri en rajouta une louche :

– Cette conne passe son temps à postillonner ! Faites gaffe à pas en recevoir sur la tronche !

Mais la bosse qu'il avait sur le front se craquela – et du pus couleur vase en sortit.

– Putain j'ai soif… il dit.

Rien ne laissait deviner que ça allait être ses derniers mots – et que ses derniers gestes allaient être de tirer une bouteille de Coca de son sac et de la porter à sa bouche.

Le Coca lui déchira la langue et les gencives, le Coca lui déchiqueta le palais et l'intérieur des joues, le Coca lui transperça la chair de la mâchoire inférieure et se déversa sur le devant de sa veste de survêtement en fumant et en grésillant.

Slimane écarta brusquement Karim – et la foudre tomba aussitôt un peu partout dans le gymnase en fauchant en vrac les uns et les autres.

Encore des geysers de sang. Encore des cris stridents. Encore des entailles et des brûlures et des corps disloqués.

Et rien à faire pour se protéger – juste l'envie de creuser à mains nues le sol en ciment du gymnase pour s'y enterrer le plus profondément possible.

Vendredi 17 février - 15 h 32
Appel radio d'un pompier depuis le gymnase :

« Ils sont couverts de cloques et de boursouflures ! Leur chair est carrément brûlée ! C'est comme un incendie... Sauf qu'il n'y a pas de flammes ! Qu'est-ce que c'est ? Il n'y a pas de flammes mais ça brûle et ça enflamme tout ! Envoyez-nous au plus vite des combinaisons NBC ! On croirait des corps brûlés au napalm ! Sauf qu'il n'y a aucune trace de napalm non plus ! Qu'est-ce que c'est ? »

Vendredi 17 février - 15 h 35
Appel radio d'un lieutenant de police depuis le gymnase :

« À tous les agents ! Les médecins recommandent de rapatrier les survivants dans le bâtiment B. C'est jusqu'à présent le seul bâtiment dans lequel aucune infection ne s'est encore déclarée alors suivez leurs consignes ! Je répète à tous les agents : suivez les consignes des médecins et regroupez les survivants dans le bâtiment B ! »

Vendredi 17 février – 15 h 40
Extrait du flash de France Info :

L'inquiétude est à son comble à Marseille autour du collège Rosa Parks, un établissement scolaire de 647 élèves, où une catastrophe sanitaire aurait déjà fait plus d'une centaine de victimes. Nous retrouvons sur place notre correspondant Laurent Gauriat :

« Des agents de police et des pompiers viennent d'arriver en renfort et ils ont l'ordre d'écarter tout le monde des abords du collège. Ils demandent aux parents de rentrer chez eux. C'est délicat car les parents veulent en savoir plus. D'autant que des cris effrayants ont résonné tout à l'heure de l'intérieur du gymnase où ont été regroupés leurs enfants.

– On a entendu dire qu'il s'agirait d'un virus, Laurent, avez-vous des informations là-dessus ?

– Pas encore. Mais tout le personnel médical a revêtu des combinaisons isolantes. Ces tenues laissent penser que l'agent infectieux est un virus dont il faut se protéger sérieusement. Aucune information claire n'est pour le moment délivrée par les autorités. Le Préfet a cependant annoncé qu'il organiserait une conférence de presse dès qu'il en saurait plus sur la situation. »

Vendredi 17 février - 15 h 43

Échange téléphonique entre le Pr Berger responsable du pôle « Maladies infectieuses » de l'Hôpital Nord et le Pr Fabre en intervention au collège Rosa Parks :

Pr B. : Avez-vous des informations supplémentaires sur ce virus ?

Pr F. : Vous imaginez bien que non. Nous partons de zéro et nous savons à peine ce que nous cherchons.

Pr B. : Le Préfet veut des informations supplémentaires…

Pr F. : Vous expliquerez au Préfet le travail que ça représente et le temps que ça prend. On multiplie les analyses mais nos observations ne poussent guère à l'optimisme. Ce coronavirus est particulièrement troublant. Il mute d'une cellule à l'autre sans que l'on parvienne encore à comprendre ni pourquoi ni comment. La tâche s'avère donc délicate.

Pr B. : Êtes-vous absolument certain que ce coronavirus soit totalement inconnu ?

Pr F. : Absolument.

Pr B. : Lui avez-vous donné un nom ?

Pr F. : Un nom ?

Pr B. : Oui. Il faudrait peut-être le nommer pour pouvoir le désigner clairement.

Pr F. : Je dois vous avouer que je n'ai pas eu le temps de réfléchir à ça…

Pr B. : Vous m'avez signalé qu'il s'agissait d'un virus qui infectait spontanément l'organisme et provoquait des lésions anarchiques…

Pr F. : Exact.

Pr B. : Que pensez-vous de ISOLA ?

Pr F. : ISOLA ?

Pr B. : Oui. Pour le nommer. C'est un acronyme : Infection Spontanée de l'Organisme avec Lésions Anarchiques.

Pr F. : Le virus ISOLA…

Pr B. : Ça vous convient ?

Pr F. : …

Pr B. : Bien. Donc à partir de maintenant, vous ne savez pas encore ce qu'il est, mais vous connaissez au moins son nom : ISOLA !

chapitre 19

Ils se ruèrent hors du gymnase. Sans regarder derrière eux. Ni autour. Fuyant les corps terrassés et le sang glacé. Fuyant les cris et les éclaboussures. Fuyant la nouvelle hécatombe sans prendre le temps de souffler.

Depuis longtemps dépassés par les événements, sans plus aucune prise sur le réel, ni sur le présent, encore moins sur ce qui allait pouvoir se passer, uniquement projetés en avant par des réflexes hérités de temps ancestraux dont ils ignoraient tout, un instinct naturel de survie face à la peur peut-être, la peur à laquelle ils croyaient s'être habitués mais qui était soudain montée d'un cran pour leur rappeler qu'elle les dominait, la peur semblait leur brûler les pieds, les poussant à accélérer pour échapper encore une fois au pire, même si toutes leurs certitudes s'écroulaient, même si tous les voyants clignotaient au rouge, même si l'idée de leur propre mort leur apparaissait de plus en plus évidente.

Ils traversèrent le charnier de la cour en slalomant entre les cadavres. Matt concentré sur Charlotte, sa main dans la sienne, leurs doigts soudés. Cess et Julie sur le même rythme, vives et fluides, comme si elles avaient chorégraphié leur fuite. Nino dans le sillage de Cess, la nuque de Cess en ligne de mire, les cheveux de Cess lui fouettant le visage. Et presque de l'euphorie dans leur course.

Entre les sinistres obstacles que formaient les dépouilles. Entre les flaques gelées et les membres figés. Entre les sacs abandonnés par terre et les nuages inertes dans le ciel.

Ils se réfugièrent dans le bâtiment B. Selon les indications des flics et des médecins. Avec ceux qui étaient encore vivants. Les élèves, les profs, les pions et tout le personnel du collège. Plus bien nombreux. Peut-être deux cents. Tous entassés dans le couloir du rez-de-chaussée en attendant de savoir où se diriger.

Le bâtiment B abritait les salles de classe normalement réservées aux sciences, à la techno, à la musique et aux arts plastiques. Six salles en bas et six autres en haut.

– Les 6èmes et les 4èmes au premier étage ! ordonna Brieu. Les 5èmes et les 3èmes dans les salles 2 et 4 et 6 du bas, uniquement dans les salles paires, les portes de droite !

Mouvements et bousculades.

Des soignants en combinaison orange se tenaient devant toutes les portes. Deux devant la porte coupe-feu des escaliers. Et un devant celle de chaque classe. Tous avec leur casque vitré. Leurs gants en latex. Leur bouteille à oxygène accrochée dans le dos et leur harnachement de tuyaux. Plus personne ne riait du sobriquet de « préservatifs géants » dont les avait affublés Nino. Leur présence rendait encore plus évidente la réalité de la menace.

Ils observèrent les élèves qui défilaient dans un sens ou dans l'autre. Arrêtant les plus pâles ou les plus excités pour vérifier leur pouls ou leur examiner le blanc des yeux. Laissant passer la plupart. Mais en mettant parfois un à l'écart. Un qui toussait trop. Un qui tremblait trop. Un qui se pissait dessus sans rien dire.

Nino pénétra dans la salle 4. Il reconnut l'infirmière en scaphandre postée devant. C'était celle que sa blague sur les préservatifs avait amusée tout à l'heure. Mais elle ne souriait plus.

Julie le suivit. Cess le suivit. Matt le suivit.

L'infirmière stoppa Charlotte :

– Arrêtez-vous s'il vous plaît…

– Quoi ?

Charlotte et Matt de part et d'autre de la porte. Encore joints par une main.

– Votre oreille droite saigne.

Charlotte se frotta l'oreille de sa main libre :

– C'est rien…

Aucune douleur. Mais des traces de sang.

– C'est rien, je n'ai rien, c'est juste des égratignures !

– Nous devons en être sûrs. Mettez-vous sur le côté s'il vous plaît.

– Mais je n'ai rien…

– Ce n'est pas à vous d'en juger. Je vous demande de vous mettre sur le côté.

– Je n'ai rien !

Matt la tira par la main et elle pénétra dans la salle 4.

– Sortez de là ! claironna l'infirmière.

– Mais ça va, regardez, ça va, calmez-vous…

– Sortez de là !

– Qu'est-ce qui se passe ? intervint Jamel.

– On doit examiner cette fille avant qu'elle ne mette cette salle en danger.

Jamel arrondit les yeux en apercevant Charlotte :

– Mais qu'est-ce que tu fais là, toi, t'étais pas absente ce matin ?

– Elle est juste venue me voir… dit Matt.

– Comment ça ? Quand ça ?

– À 14 heures…

– Merde alors, bravo, c'est malin !

– C'est rien, elle va rester avec moi, tout va bien, on va se mettre dans un coin…

– Pas question ! Allez, Charlotte, sors de là !

– Non.

Deux scaphandres surgirent pour la saisir par les épaules. Mais Matt ne la lâcha pas. Matt lui serrait la main si fort que leurs doigts se confondaient. Les scaphandres durent les empoigner chacun d'un côté pour parvenir à les séparer et Jamel força Charlotte à retourner dans le couloir. Charlotte hurlant le prénom de Matt et Matt hurlant le prénom de Charlotte. Des larmes jaillissant des yeux de Charlotte. Des larmes brunes teintées de sang. L'évidence du pire. Cess et Julie et Nino tétanisés. Charlotte déjà hors de vue. Et Matt hors de lui. De la douleur dans ses cris. De la douleur dans ses yeux. De la douleur jusque dans ses mains persuadées de ne plus jamais pouvoir la toucher.

Vendredi 17 février - 16 h 06

Échange téléphonique entre le capitaine Leroy dirigeant les effectifs de police sur place et le commandant Cardona responsable de la coordination du dispositif Orsec :

C. L. : *Nous avons regroupé les survivants dans le bâtiment B. Du moins tous les civils. À l'exception des équipes médicales et scientifiques installées dans le bâtiment A avec les cas préoccupants.*

C. C. : *Combien de survivants ?*

C. L. : *Je dirais environ 200 civils, commandant, 250 au maximum en comptant les malades du bâtiment A…*

C. C. : *Sur combien ?*

C. L. : *615 élèves, plus 67 membres du personnel, soit un total de 682 personnes.*

C. C. : *Nom de Dieu ! Ça fait environ 400 victimes… 400 victimes en moins d'une journée dans un simple collège ?*

C. L. : *Oui, commandant, sans compter les pompiers et les soignants qui ont également succombé.*

C. C. : *Attendez… Vous m'avez dit 615 élèves… Alors que j'ai sous les yeux un document qui signale que le collège Rosa Parks en compte 647…*

C. L. : *647 sont officiellement inscrits, commandant, mais ce collège connaît un fort taux d'absentéisme et, selon les relevés de présences, 615 étaient dans l'établissement ce matin.*

C. C. : *Avez-vous enregistré des pertes parmi vos effectifs ?*

C. L. : *Pas pour le moment, commandant, mais tous réclament des combinaisons NBC.*

C. C. : *Je m'en occupe. Il faut en attendant que vous élargissiez le périmètre de sécurité.*

C. L. : *C'est-à-dire ? On a déjà bloqué la rue de Lyon mais les parents d'élèves ne veulent pas bouger.*

C. C. : *Ne leur laissez pas le choix. Virez-les. Et faites évacuer toute la population présente dans les commerces et les logements de chaque rue adjacente. Je vous envoie quatre convois de CRS pour y pourvoir. Des questions ?*

C. L. : *Une question, commandant, que doit-on faire des corps des victimes ?*

C. C. : *Regroupez-les comme vous pouvez.*

chapitre 20

Le bordel en salle 16, la salle de musique, à peine une vingtaine d'élèves dedans, mais trop de mains excitées sur le clavier du piano, c'était à qui enfoncerait le plus de touches dans le désordre, tu parles d'une cacophonie.

Détente-respiration-soulagement.

Lila observa ses camarades de 6ème B. Ou du moins ce qu'il en restait. Les uns euphoriques et les autres aphasiques. Mélangés à des élèves d'autres classes de 6ème et de 4ème. Zak immobile près d'une fenêtre loin du piano. Karim dans un coin avec son grand frère Slimane.

Un pompier avec eux. Et trois profs. Mme Gabriel la prof de musique. Un prof en blouse blanche que Lila ne connaissait pas. Et M. Delage leur foutu prof d'histoire-géo.

– Asseyez-vous ! aboya ce dernier. Ne profitez pas de la situation pour vous croire tout permis !

Il attrapa un élève qui continuait de cogner sur le piano et le projeta derrière une table du premier rang :

– Tenez-vous tranquilles !

Suivre les consignes. Trouver une chaise libre pas trop loin de la porte. Se poser.

– Il est 16 h 15 et je devais sortir à 16 heures… dit une fille. Pourquoi on sort pas ?

– On vous l'a déjà expliqué, il est strictement interdit de sortir, le collège est mis en quarantaine !

– Ça veut dire quoi ?

– Vous devriez le savoir, il me semble, on a étudié cela en histoire…

– C'était une leçon sur le Moyen Âge, monsieur, avec la peste et tout ça, merde, on a la peste ou quoi ?

– On n'est plus au Moyen Âge ! protesta un autre.

– C'est peut-être une séance de travaux pratiques ! ricana Zak.

Mme Gabriel, aussi droite et aussi raide qu'une porte, précisa calmement :

– Le collège est exposé à un grave danger sanitaire. Il faut que les médecins le maîtrisent avant de pouvoir nous faire évacuer en toute sécurité.

Lila connecta son smartphone. Chercher-trouver-comprendre. Elle tapa « collège Rosa Parks » sur Google. Mais trop de propositions inquiétantes lui sautèrent au visage. « Catastrophe sanitaire », « épidémie foudroyante », « risque de pandémie », « virus inconnu », « état d'urgence ». Trop. Ou trop peu. Des liens affichaient « une centaine de victimes ». Elle ne les avait pas comptées. Mais elle savait qu'il y en avait au moins trois fois plus.

Ne pas se fier à ces informations. Éteindre son smartphone. Se préserver.

– Qu'est-ce qu'on va faire ?

– On va commencer par attendre 17 heures ! annonça M. Delage.

– Et après ?

– On attendra que ça passe…

– Comme en cours d'histoire ! jeta Zak.

– C'est ça, M. Belinski, merci de vos commentaires !

Rire un peu. Détendre l'atmosphère. Avant de replonger dans l'inquiétude.

– Sérieusement, monsieur, on va rester là jusqu'à quand ?

– Jusqu'à la levée du plan Orsec ! signala le pompier.

– Et ça va prendre quarante jours ?

– Aucune idée, on attend des précisions du service de virologie, mais on va peut-être y passer la nuit… Et il n'est pas exclu de compter plusieurs jours…

Un silence après ça. Le temps d'enregistrer, le temps de faire le tri entre « la nuit » et « plusieurs jours », le temps d'évaluer le temps qui séparait les deux. Tous dans le flou face à une durée si élastique. Et tous martelèrent leurs portables, avec la même frénésie que les touches du piano tout à l'heure, composant des textos aussi différents que « on va y passer la nuit » ou « on doit rester 40 jours ».

Le prof en blouse blanche fit circuler une feuille dans les rangées :

– Veuillez inscrire dessus votre nom, votre prénom, votre classe…

– Et le numéro de vos parents ! ajouta le pompier.

Zak regarda par la fenêtre. Vue imprenable sur la cour et le charnier. Il espérait peut-être apercevoir son père ou sa mère près du portail. Mais il ne vit que des troupes de CRS. Qui délogeaient les parents des grilles en les repoussant sans ménagement.

De la buée sur la vitre. Les traces de sa respiration. De la buée gelée par le froid qui régnait dans le bâtiment B.

Il se frotta les mains. Pour se réchauffer. Ou éviter de trembler. Tu parles. Ça ne suffit pas. Il ne tremblait pas de froid. Mais à cause du charnier, du sang étalé dans la cour, de la disparition de Corentin et de Chloé et des autres.

– On se les pèle ! se plaignit Karim assis avec son frère à la table juste derrière.

Quelque chose glissa sur le front de Zak. Furtivement. Et cette chose lui effleura le nez avant de tomber près de son coude posé sur la table.

Une mèche de cheveux blonds, putain, une mèche de ses propres cheveux.

Zak posa une main dessus pour la cacher très vite, des images effrayantes dans la tête, le crâne violacé de Yasmine méconnaissable et les tempes de Yasmine éclatant comme des geysers, il ferma le poing sur sa mèche de cheveux et ferma les yeux, cherchant à savoir s'il avait mal quelque part, non, il n'avait mal nulle part, il fourra sa mèche de cheveux dans la poche de sa parka, vérifiant si quelqu'un avait remarqué quelque chose, non, personne, si, là-bas près de la porte, Lila le regardait, Lila écarquilla les yeux à l'autre bout de la salle, Lila se mordit les lèvres alors il se mit à pleurer, silencieusement, sans faire un geste pour essuyer ses larmes de peur de s'arracher les joues ou les paupières.

Vendredi 17 février – 16 h 33
Extrait du flash de France Info :

La direction des Hôpitaux de Marseille nous a confirmé hors micro qu'il s'agissait d'un virus. Le Préfet des Bouches-du-Rhône devrait s'exprimer d'ici quelques minutes pour clarifier la situation et faire le point sur cette catastrophe. Mais nous retrouvons en attendant notre correspondant Laurent Gauriat en direct devant le collège Rosa Parks :

« Je ne suis plus devant le collège, non, car les CRS ont fait évacuer tout le monde par mesure de précaution. Le périmètre de sécurité a été agrandi. Toutes les zones adjacentes au collège sont en train d'être évacuées car elles courent un danger potentiel. Quatre convois de CRS ont débarqué pour ratisser la rue de haut en bas et déloger les parents, les journalistes, les commerçants et même les habitants. Les autorités médicales craignent peut-être que ce virus ne se répande dans l'air, les canalisations ou toute autre voie. Mais, selon un médecin que j'ai pu interroger tout à l'heure, c'est peu probable. Il m'a assuré que ce virus n'était pas volatil. Il se transmettrait par contact. Ce médecin qui accompagnait les CRS pour faire évacuer la rue n'a malheureusement pas pu m'en dire davantage. Il attendait comme tous ses collègues les résultats des recherches de l'équipe de virologie. »

chapitre 21

Envie de se casser – mais impossible de sortir.

Slimane garda son calme.

Les pompiers avaient fait les comptes et les chiffres circulaient – « 171 élèves et 18 adultes dans le bâtiment B… Ça fait 189 survivants ici… »

Il examina ses mains. Il se toucha le visage. Se palpa la gorge, le cou, la nuque. Et passa ses mains sur la gorge de son frère.

– À quoi tu joues ?

– Je vérifie… il lui dit.

– Tu vérifies quoi ?

– Que tout va bien…

– N'importe quoi !

Ouais – n'importe quoi. Mais regarde par la fenêtre – mate le charnier dans la cour. Putain – 189 survivants sur combien ? Et rien ne disait que le bâtiment B était un abri valable – rien pour se protéger et encore moins pour se défendre.

Il aurait préféré être ailleurs, tu m'étonnes, se tirer de là avec son frère, comme si de rien n'était, traîner avec lui dans le quartier, fumer tranquille, ou alors non, peut-être qu'il devait faire des concessions pour que ça s'arrange, alors il ne fumerait pas, non, il se tiendrait à carreau, juré, il rentrerait faire ses devoirs à la maison avec son frère, il aiderait même son frère en anglais, si seulement il pouvait revenir en arrière, sauf que merde, il savait bien qu'on pouvait pas remonter le temps, d'accord, alors il demandait juste de se retrouver chez lui avec son frère, voilà et, en échange, putain, ouais, juré, il ne ferait plus jamais de conneries, allez, quoi.

Slimane en plein marchandage – seul avec lui-même.

Laisse tomber.

Il sourit et tenta de se raisonner – sans déconner, t'es dans ce putain de collège, des mecs et des filles viennent de crever la gueule ouverte, tu les as vus, putain, foudroyés dans la cour, foudroyés dans le gymnase, t'as vu le sang, t'as vu les visages déchiquetés, t'as vu la mort leur figer les yeux, t'as eu tellement la trouille que t'as failli te chier dessus, putain, y a rien à négocier avec la foudre, alors arrête, reste tranquille, contente-toi de veiller sur ton frère et nique la peur.

– On aurait mieux fait de sécher tous les deux aujourd'hui ! il conclut à voix haute.

Et même Karim approuva – pour une fois.

Les filles à la table devant eux essayaient de reconnaître les morts par la fenêtre :

– C'est Vincent, là-bas, étendu près du banc, avec sa chapka !

La sonnerie de 17 heures bourdonna sans surprendre personne – ni dedans ni dehors.

Les profs et le pompier étaient scotchés à leurs portables. Comme les élèves. Murmurant chacun de leur côté. Ou alignant des textos.

Plus aucun parent près du portail – rien que des flics. Les CRS avaient fait le ménage – ils avaient retourné le quartier pour virer tout le monde. Et ils aidaient maintenant les pompiers à déblayer la cour – ils entassaient les cadavres les uns sur les autres.

– Où est Papa ?

– Il est rentré… lui répondit Karim en relisant ses messages.

Slimane reporta les yeux dehors sans savoir où les poser – le charnier, la rue vide, le portail fermé, les flics, les pompiers, les scaphandres, les montagnes de cadavres. Pendant que son frère tripotait son portable – comme tous les autres. Le décalage lui sauta aux yeux – pas entre les vivants et les morts mais entre dehors et dedans. Et une évidence sous son crâne – échanger des SMS et pleurnicher au téléphone ne suffisait pas. Une évidence – et un déclic.

Il cala son smartphone en mode photo et zooma sur la cour.

Clic – plan général. Clic-clic – plans rapprochés sur les cadavres. Clic-clic-clic – gros plans sur un visage défiguré, un bras gris décharné, un anorak imbibé de sang ouvert sur une cage thoracique lacérée.

Troubles et haut-le-cœur.

– M. Taghari ! l'interpella la prof de musique. Qu'est-ce que vous faites ?

Sensation de malaise.

– Rien… Rien du tout. Foutez-moi la paix !

Vas-y – affiche ces images sur ta page Facebook. Voilà. Enfin autre chose que des mots et des pleurs – voilà du sang, voilà des morts, voilà le pire.

Un pompier déboula dans la salle avec un carton chargé de briques de jus de fruits et de paquets de gâteaux secs.

– De quoi goûter pour tout le monde ! il annonça en le déposant sur le bureau.

Et il fila aussi vite qu'il était venu pour servir les salles suivantes.

M. Delage se chargea de la distribution en les encourageant mollement :

– Il faut prendre des forces.

Personne n'avait faim – mais tous grignotèrent parce que ça les occupait.

Slimane avala son jus de pomme et leva une main pour demander :

– Mme Gabriel ? Vous avez la radio dans cette salle… C'est possible de la mettre ? Peut-être qu'ils parlent de nous…

Tous acclamèrent sa proposition.

La prof de musique consulta ses deux collègues et le pompier – ils approuvèrent.

Elle alla près de la fenêtre où se trouvait la chaîne. Elle alluma l'ampli. Elle chercha une station info en jetant un œil dehors.

Mais – elle sursauta et pointa un doigt vers la fenêtre en hurlant :

– Ça recommence !

Dans la cour – les flics et les pompiers se convulsaient, la tête renversée en arrière, les jambes tordues, les bras tendus, l'estomac déchiré et le ventre boursouflé.

La foudre. Encore. Aveugle et invisible.

Slimane eut à peine le temps de compter jusqu'à dix – tous les flics et les pompiers s'écroulèrent dans la cour et seuls les scaphandres restèrent debout.

Vendredi 17 février - 17 h 20

Extrait de la conférence de presse du Préfet des Bouches-du-Rhône :

« Le collège Rosa Parks, établissement scolaire situé dans le 15ème arrondissement à Marseille, est en état de péril sanitaire, car un virus totalement inconnu est apparu ce matin dans ses locaux.

Ce virus a fait de nombreuses victimes. Les deux premières ont été signalées aux urgences par le Principal du collège à 8 h 25. Trois autres victimes se sont déclarées entre 9 heures et 10 heures. Le Principal a aussitôt alerté toutes les autorités compétentes. Mais le nombre de victimes a augmenté de façon exponentielle. Les urgences et les pompiers qui se sont rendus sur place ont été dépassés par l'ampleur phénoménale du désastre. Le nombre total de victimes est encore indéterminé. Les services de police en ont dénombrées au moins 250 à 16 h 30.

Ce virus est extrêmement foudroyant. Les causes de son apparition et ses modes de transmission sont encore indéfinis. Il s'agit d'un coronavirus, lointainement comparable au SRAS, mais différent et beaucoup plus virulent. Il provoque une dégénérescence spontanée des leucocytes et des lésions anarchiques dans tout l'organisme. Ce virus, jusqu'alors inconnu, a été nommé ISOLA, acronyme signifiant «Infection Spontanée de l'Organisme avec Lésions Anarchiques».

Aucun antidote ne peut pour le moment le neutraliser et aucun remède ne peut à l'heure actuelle soigner les victimes qu'il frappe. Mais l'équipe de virologie du Pr Fabre travaille activement depuis ce matin pour l'examiner et tenter de l'isoler. Des spécialistes et des chercheurs européens sont en lien avec l'équipe du Pr Fabre pour effectuer les recherches et trouver comment lutter contre ce virus.

La priorité, en attendant l'avancée de leurs recherches, est donc de contenir ce virus. C'est la raison pour laquelle j'ai déclenché le dispositif Orsec à 15 heures et placé le collège Rosa Parks en quarantaine derrière un cordon sanitaire. Par mesure de sécurité. Cette procédure de confinement est indispensable pour éviter tout risque de propagation du virus ISOLA. Car celui-ci constitue une très sérieuse menace de pandémie.

Pour les parents, les proches et toutes les personnes inquiètes à propos de la situation, un numéro vert sera mis en place à partir de 18 heures pour répondre à leurs questions dans la mesure du possible. Ce numéro vert est le 0800.13.13.13. »

chapitre 22

Les yeux de Matt oscillaient entre son portable silencieux et le bâtiment A où Charlotte était enfermée. Aucune nouvelle. Hormis le chaos qui s'était agrandi entre les deux. Les corps des flics et des pompiers répandus comme des mégots dans la cour. Matt les avait vus s'écrouler aussi vite que des marionnettes dont on aurait brusquement tranché les fils.

Il avait appelé Charlotte plusieurs fois et lui avait envoyé une infinité de SMS. Sans obtenir la moindre réponse. Il n'avait pas laissé de message sur sa boîte vocale. Il avait raccroché et rappelé aussitôt. Plusieurs fois de suite. Sans parvenir à joindre autre chose que le vide.

La panique accéléra le rythme de sa respiration. Son portable lui échappa des mains et atterrit sur les carreaux de la salle de sciences. Il se baissa pour le ramasser. L'écran s'était fendu en diagonale. Il appuya fébrilement sur la touche rappel et le colla contre son oreille. Ça fonctionnait. Il entendit la sonnerie. Mais encore personne pour décrocher. Cinq sonneries. Et encore le répondeur.

Il raccrocha. Il rappela.

Une fois. Deux fois. Trois fois.

Il fit une brève pause. Et recommença.

– Oui ? finit-on par lui répondre.

Une voix féminine. Mais pas celle de Charlotte.

Il passa en mode hyperventilation :

– Qui c'est ? Je veux parler à Charlotte.

Probablement une infirmière :

– Charlotte ne va pas bien…

– Je peux lui parler ?

– Non…

– Je ne peux pas lui parler ?

– Non…

– Pourquoi ?

– Elle ne va pas bien…

– Qu'est-ce qu'elle a ?

– On ne sait pas ce qu'elle a…

Il se mit à trembler :

– Est-ce que je peux venir la voir ?

– Certainement pas. Je suppose que vous êtes son petit ami ?

Il se mit à pleurer :

– Oui. Et je vais venir la voir.

– Il en est hors de question, écoutez, je suis désolée, mais il est également inutile de téléphoner sans arrêt, vous entendez ? Ça ne fait pas avancer les choses et ça ne nous aide pas…

Il se mit à hurler :

– Qu'est-ce qu'elle a ?

Si fort que des élèves présents avec lui dans la salle 4 du bâtiment B sursautèrent, même les profs, même le pompier figé devant la fenêtre.

– Je vous l'ai dit, on ne sait pas ce qu'elle a, écoutez-moi, essayez de ne pas vous inquiéter, je vous promets de vous rappeler dès qu'on aura du nouveau.

Et elle raccrocha.

Ça coupa la respiration de Matt. Il s'adossa au mur du fond. Suffoquant.

Une question était restée bloquée en travers de sa gorge. La seule question qui le préoccupait. « Est-ce qu'elle va s'en tirer ? » Il n'avait pas osé la poser. Parce qu'il redoutait la réponse. Parce qu'il ne tenait pas à l'entendre. Parce qu'il la connaissait déjà.

Il glissa le long du mur pour s'asseoir sur le sol et ne plus voir les cadavres par la fenêtre. Le regard vide. Le visage livide. L'impression d'être enterré à l'intérieur de sa propre peau.

Nino fit un pas vers lui. Juste un. Le temps de se rendre compte que pas une seule de ses conneries ne pourrait fissurer les remparts d'inquiétude qui encerclaient Matt. Il recula désemparé sans savoir quoi faire. Tâtonnant ses poches comme un pauvre type en quête de monnaie devant un horodateur. Sa main tomba par hasard sur son portable.

Matt comme isolé derrière un mur de plexiglas. Nino lui sourit. Matt ne lui sourit pas. Matt semblait le regarder sans le voir. Nino lui écrivit un texto. « Tiens le coup, mec, je sais pas quoi te dire, mais je suis là ! » Le portable de Matt vibra. Mais son visage n'exprima rien de plus qu'une porte verrouillée quand il consulta le message.

– Le Préfet a donné une conférence de presse... dit le prof de physique.

Cess et Julie partageaient les écouteurs d'un MP3 à l'autre bout de la pièce. Radiohead dans les oreilles. Elles balançaient la tête toutes les deux sur le même rythme pour accompagner la musique.

– Elle est sur le site de LCI... précisa le prof en agitant son smartphone.

Nino se souvint de Cess en train de danser. Ses mouvements qui faisaient vibrer l'espace comme si elle lançait des étoiles sous ses pas. Et ses cheveux comme des flèches de fusain. Il la trouvait plus que jolie quand elle dansait. Et même quand elle ne dansait pas, là, quand elle se contentait de respirer et que seuls ses cheveux ondulaient, il avait l'impression qu'elle dansait. Il adorait son rire aussi. Elle ne riait pas, là, mais ses yeux s'étiraient comme des lames vers ses tempes quand elle riait et on aurait dit des couteaux soyeux. Il la trouvait magnifique, voilà, cette évidence lui éblouit brusquement le crâne et, malgré le sang, les glaires, les plaies purulentes, les membres dépecés et les amoncellements de cadavres éparpillés entre la cour et le gymnase, il regardait simplement Cess et, de la pointe de ses cheveux aux fossettes de son rire, où que son regard se posait, il la trouvait magnifique.

Il gonfla la brique de jus de fruits qu'il venait de boire et l'éclata par terre d'un coup de talon. Une explosion retentissante.

– Ça vous amuse ? lui demanda le pompier.

– Pas trop, non, j'aurais dû le faire avec une boîte pleine.

Une élève de 5ème leva la main :

– Je peux aller aux toilettes ?

– Oui. Celles qui sont au bout du couloir. Et interdiction de sortir du bâtiment.

Presque tous agitèrent les bras dans un concert de « moi aussi ».

– Seulement deux par deux ! les refroidit le prof de physique. Je vous rappelle qu'on est dans le bâtiment B et qu'il n'y a que deux sanitaires au rez-de-chaussée !

Cess abandonna son MP3 pour attendre son tour.

Nino lui emboîta le pas dans le couloir :

– Ça va ?

Elle haussa les épaules.

Brieu se tenait devant l'entrée du bâtiment. Avec des flics et des pompiers qui montaient la garde. Et quelques scaphandres orange.

– Cette combinaison doit être vachement pratique en cas de gastro… sourit Nino.

Elle sourit aussi.

Dans les sanitaires, un lavabo, deux urinoirs et deux cabinets. Cess se cala devant le lavabo pour commencer par se laver les mains. Nino ouvrit d'un coup de pied la porte d'un W.-C. et pissa sans la refermer derrière lui.

– Charmant ! commenta Cess en entendant le jet dans la cuvette.

– Ouais, je sais, je suis pas musicien…

Elle se lavait encore les mains quand il tira la chasse.

– Qu'est-ce que tu fais ? il lui demanda.

– À ton avis ? Je me lave les mains, on dirait, non ?

– Pendant cinq minutes ?

– Il paraît que les mains sont des vecteurs de contagion alors, vu la merde dans laquelle on est, je préfère prendre mon temps.

– Tu crois que te laver les mains va t'empêcher d'attraper cette connerie ?

– Je sais pas, mais j'ai pas envie de lui favoriser le… Qu'est-ce que tu fais ?

Il détacha aussitôt les lèvres qu'il venait de poser sur sa nuque :

– À ton avis ? Je t'embrasse le cou, on dirait, non ?

– Merde alors… Tu choisis bien le moment…

– Ouais. Désolé. C'est pas non plus l'endroit romantique que j'imaginais.

Tous les deux mal à l'aise. Leurs yeux accrochés dans le miroir. Deux chiens de faïence vacillants. Leurs corps tout près l'un de l'autre. Mais sans contact. Juste son souffle à lui dans ses cheveux à elle. Et leurs vêtements se frôlaient à peine.

Elle s'esquiva vers un des W.-C. en souriant :

– Bon, j'ai mes règles, je crois que mon tampon est foutu et, comme j'avais pas prévu de passer la soirée ici, j'en ai pas pris d'autres… Je dois juste vérifier que tout va bien… Je sais, c'est pas vraiment classe, mais c'est pas moi qui ai choisi le moment ! Tu peux m'attendre là, si tu veux, mais t'es pas obligé…

Elle ferma la porte. Et la rouvrit aussitôt.

– Je préférerais quand même que tu m'attendes !

– Ça va, Cess, je t'attends. Même si tu laisses la porte ouverte…

Mais elle la referma.

– Merde ! se plaignit-elle à travers la cloison. Il est foutu ! Et je saigne un max !

– Ouah ! Ça m'excite !

– Non, sans déconner, je sais pas quoi faire…

– Tu veux que je fasse le tour des salles pour demander un tampon ?

– Laisse tomber, non, je vais plier du papier cul pour me faire une serviette !

– Cess, merde, tu crois que je veux savoir ça ?

Il l'entendit rire. Il entendit le rouleau de papier tourner. Il entendit des pliages et des froissements. Il l'entendit remonter sa culotte et son blue-jean.

Elle sortit de la cabine en souriant, secouant les jambes, une main entre les cuisses pour mieux disposer son bricolage, faisant des flexions pour vérifier que ça tenait bien, souriant toujours :

– Je suis désolée, Nino, c'est la première fois que ça m'arrive… Promets-moi de ne jamais raconter ça à personne si on arrive à sortir vivants de ce collège !

Un seul pas les propulsa l'un contre l'autre, aussi vivement que des lanières de fouets, leurs lèvres entrouvertes se cherchant, dérapant sous leur nez, avant de se trouver avec tant de vivacité que leurs dents s'entrechoquèrent, leurs langues se mélangeant sans obstacle, leurs mains se joignant et se serrant, dans le désordre et la précipitation, ses pieds à elle glissant sur le carrelage et une de ses hanches à lui heurtant le lavabo, leurs mains glissant sur leurs nuques, pressant leurs dos, enlaçant leurs tailles, avec maladresse et satisfaction, trop couverts pour pouvoir atteindre leur peau mais sentant l'un et l'autre leur chaleur réciproque à travers l'épaisseur de leurs vêtements, tous les deux soudain heureux et fiers, oubliant le sang, oubliant le décor, oubliant la foudre et la mort, le désordre et la précipitation de leurs gestes bien plus réconfortants que le désarroi et les précipices qui les entouraient.

Mais des bruits de pas dans le couloir. Alors ils se démêlèrent. Rouges et confus. Une joie muette mais flagrante. Et l'envie de recommencer.

– Qu'est-ce que vous foutez dans les chiottes pendant tout ce temps ? aboya Jamel en ouvrant la porte.

– On cherchait une solution pour relancer la croissance économique ! dit Nino surpris de trouver aussi facilement une connerie à sortir.

– Te fous pas de ma gueule !

– On analysait des fibres d'ADN pour neutraliser ce putain de virus ! rigola Cess.

– Arrêtez ça ! Vous êtes incapables d'être sérieux malgré tout ce qui se passe ?

– Non. Les gens sérieux nous foutent trop les boules.

Mais leurs voix tremblaient car la peur était déjà revenue. La peur qu'ils avaient oubliée en s'embrassant les avait même saisis avec encore plus de fermeté dès que leurs lèvres s'étaient séparées. Et les conneries qu'ils disaient n'étaient que de maigres couvertures qu'ils tiraient sur leur peur.

Ils rejoignirent la salle 4 en s'effleurant les mains.

Matt n'avait pas bougé d'un pouce. Assis par terre contre le mur du fond.

Dehors, épargnée par la foudre, la nuit tombait.

Vendredi 17 février – 18 h 45

Notes de M. Brieu sur son carnet personnel :

Nombre de décès constatés (élèves et personnes de l'établissement) : 395
dont 93 élèves de 6ème, 125 élèves de 5ème, 71 élèves de 4ème, 66 élèves de 3ème, 29 professeurs, 2 membres du personnel d'encadrement (Mme Duffont et Mme Chape), 3 surveillants, 2 membres du personnel administratif (la secrétaire et la gestionnaire), 4 membres du personnel de service.
37 personnes se font examiner en salle informatique.
61 personnes dans un état grave sont isolées en salle de permanence et en salle des professeurs, dont 55 élèves, 5 professeurs, 1 surveillante.
L'équipe médicale qui assurait le soutien psychologique au CDI a été décimée à 18 h 15 avec 26 élèves et 2 professeurs.

chapitre 23

Éviter de lever la tête pour éviter de voir toujours pire.

Lila feuilletait son carnet vert et bleu. Celui dans lequel elle avait noté des choses qui lui plaisaient. Des mots qu'elle trouvait jolis. Comme « longiligne », « murmure », « engoulevent », « patience ». Des titres de films qu'elle avait aimés. *La Vengeance dans la peau*, *Little Miss Sunshine*, *Princesse Mononoké*. Des livres. *Le Poney rouge*, *Je ne suis pas un singe*, *Un jour j'irai chercher mon prince en skate*.

Son portable vibra. Un SMS de sa mère. « J'espère que tu vas bien, mon cœur, je fais le ménage dans ta chambre pour que tout soit bien propre quand tu rentreras. Je pense à toi et je t'aime. »

Sa mère finissait tard, normalement, le vendredi soir. Elle avait dû rentrer plus tôt. À cause des événements. À cause de l'inquiétude ou de l'affolement.

« Je t'aime aussi Maman. » Elle envoya sa réponse. Et replongea dans son carnet.

Il y avait des images à l'intérieur. Des photos qu'elle avait découpées dans des magazines. Des billets de spectacles que sa mère l'avait emmenée voir. Des cartes postales que ses grands-parents lui avaient envoyées d'Algérie.

Elle les parcourut pour tenter de fuir la peur sans bouger. Mais ça ne fonctionna pas. Son carnet ne contenait que de bons souvenirs et des marques d'affection. Les regarder ne soulevait que de la nostalgie. Et la nostalgie ne faisait que renforcer la peur.

La peur inaltérable-inébranlable-indéboulonnable. Qui détruisait les bases du rationnel pour ne creuser que des gouffres. Engloutissant la moindre pensée positive.

Nouvelles vibrations de son portable. 19 h 07. Un appel de son père.

Elle mit une main en coupe devant sa bouche pour répondre doucement :

– Papa…

– Lila ? Est-ce que ça va ?

Un bruit de moteur couvrait la voix de son père. Et le bruit de la radio dans la salle.

– Non…

Ça lui échappa. Elle voulait lui dire « oui » pour le rassurer, « oui » parce qu'elle était vivante, mais « non » lui échappa.

– Qu'est-ce que tu as ?

Elle se ressaisit aussitôt :

– Rien du tout, Papa, ça va… C'est juste que j'ai peur…

– Je viens te chercher ! Je suis dans la voiture ! Je serai là dans dix minutes !

Son père sur ses grands chevaux. Comme lorsqu'il motivait ses camarades du syndicat à se mobiliser. « Toujours à batailler contre les moulins à vent » reprochait sa mère. Elle pour l'indépendance et lui pour la solidarité. « Ce n'est pas en flottant le nez en l'air selon le principe de liberté défendu par ta mère que l'on va pouvoir lutter tous ensemble pour accéder à un monde meilleur » lui retournait-il. Mais quel mot d'ordre opposer à un virus ?

– Ce n'est pas possible, Papa, ils ne laissent entrer personne… Ils ont bloqué la rue et ils ont fait évacuer tout le quartier…

– Merde, putain de merde, qu'est-ce que c'est que cette saloperie ?

Des coups de klaxon et son père qui vociférait.

– Papa ?

– Lila, ne t'inquiète pas ma puce, je vais te tirer de là.

« Ta mère est bien plus solide que je ne le suis ! » lui avait-il confié une fois.

– Maman est à la maison, Papa, je crois que tu…

Il l'interrompit en faisant crisser les freins :

– Je viens te chercher, Lila, je tiens à toi, ta mère tient à toi, tu es la seule belle personne que l'on connaisse, je ne vais pas te laisser là-bas !

Il raccrocha. Et elle se mit à pleurer.

Les mots rassurants de son père et le SMS bienveillant de sa mère sous son crâne. À croire que tout pouvait s'arranger. Elle avait du mal à imaginer son père en Jason Bourne slalomant entre les voitures, franchissant les barrages de flics, escaladant les façades pour venir la cueillir ici et la ramener chez eux à l'abri du danger. Mais une lueur d'espoir scintilla entre ses larmes. Alors que la nuit était tombée. Alors que la peur était devenue la norme. Alors que la radio enchaînait les informations alarmistes. Le timide et surprenant espoir de voir débarquer son père alors que le désespoir avait franchi toutes les frontières.

Elle redressa la tête pour observer ses camarades. La rebaissa aussitôt après avoir croisé le regard de Zak. La peur au galop dans le regard de Zak. Il avait perdu une mèche de cheveux un peu plus tôt. Elle l'avait vu. Il avait fait comme si de rien n'était mais elle l'avait vu.

Peut-être que le virus avait touché Zak. Peut-être que le virus lui brûlait la racine des cheveux avant de lui ouvrir la gorge et de lui dévorer les organes. Peut-être que le virus était en train de se propager dans toute la salle.

Peut-être que… Tu parles, il ne s'agissait pas de « peut-être », « peut-être » n'était qu'une façon de dresser une fragile cloison entre les certitudes de la réalité et les gouffres de la peur. Il s'agissait de « sûrement-certainement-évidemment ».

Lila reprit conscience de l'évidence de sa propre vulnérabilité. Loin de ses parents. Encore plus loin de Jason Bourne.

Elle allait mourir. Sûrement. Ils allaient tous mourir. Certainement. Ils allaient tous mourir et personne ne pourrait les sauver. Évidemment.

Plus elle tentait de maîtriser la peur et plus la peur la maîtrisait.

Elle essaya de se rattraper aux pages de son carnet.

Mais rien à faire. La peur parasitait sa lecture. Lui imposant un autre mot. « Coronavirus. » Un mot qui craquait et glissait à la fois.

Elle ne remarqua pas la porte s'ouvrir. Mais du orange vibra sous ses yeux. Elle ne put éviter de voir le scaphandre qui entrait dans la salle.

On leur portait de quoi manger. Des sandwiches, des compotes, des bouteilles d'eau minérale. Tu parles d'un dîner.

Des énormes blocs de peur leur écrasaient l'estomac mais presque tous avaient faim. Et la banalité du repas leur permit malgré tout de mettre leurs angoisses de côté. Certains parvinrent même à tirer une sorte de réconfort en contemplant une simple tranche de pain de mie. Comme si les choses les plus anodines les rassuraient.

Comme en temps de guerre, on aurait dit, ce n'était pourtant pas la guerre, malgré les ambulances, malgré le charnier, malgré la présence de la mort, là, tout près, le monde était paisible autour du collège, Zak pouvait le voir par la fenêtre, pas de bombes, pas de missiles, pas de ruines fumantes, mais une mèche de ses propres cheveux dans sa poche et la peur de lâcher prise à chaque respiration.

Il ne mangea rien.

– Tu veux pas ton sandwich ? demanda Slimane dans son dos.

– Non. Tous ceux qui ont bouffé ça dans le gymnase sont morts cinq minutes après.

Ça stoppa net les élèves qui étaient en train de mordre dedans.

– N'importe quoi ! se moqua Karim. J'ai mangé un sandwich dans le gymnase à midi et je suis encore là…

Et le scaphandre orange leur délivra un argument irréfutable :

– Notre équipe scientifique certifie que le virus ne peut pas contaminer la nourriture ! Ces denrées alimentaires sont inoffensives !

Zak se regarda dans le reflet de la fenêtre. Plissant les yeux et faisant pivoter sa tête dans un sens et dans l'autre pour vérifier l'état de ses cheveux. Ils semblaient être tous à leur place.

Son teint gris et ses yeux cernés l'inquiétèrent mais il ne s'affola pas. Il attribua ces marques de fatigue à l'opacité de la vitre. Et aux halos des lampadaires de la cour qui devaient déformer les reflets.

Ne pas imaginer le pire. Ne pas se laisser aller. Ne pas sombrer.

Garder un espoir et y croire.

Quelque chose détourna son attention. Dehors. En contrebas juste devant le préau.

Il reconnut M. Coly, le prof de sport, nu des pieds à la tête.

Et tous se collèrent aux fenêtres pour voir ce qui se passait. Pour voir ce qu'ils ne s'attendaient pas à voir. Pour voir ce que leurs yeux pouvaient encore supporter.

M. Coly à moitié fou et complètement à poil en train de défier la foudre en hurlant :

– Je suis dehors ! Je suis debout ! Je suis à poil ! Et je suis vivant ! Regardez-moi ! Je suis dehors et je suis à poil et il ne m'arrive rien !

Le prof de sport riant à gorge déployée. Se frappant le torse. Au milieu du charnier. Sous les fenêtres du bâtiment B et du bâtiment A. Sans que les scaphandres n'osent intervenir.

Jusqu'à ce qu'un déluge invisible et imparable ne s'abatte sur lui. Un invisible coup de marteau lui brisant les cervicales, un invisible coup de hache lui tranchant un bras, d'invisibles coups de masse lui fracassant les hanches et d'invisibles coups de pioche lui faisant gicler les rotules des genoux.

Son corps éclata en plusieurs morceaux en projetant dans l'ombre des filets de sang mouvants comme des serpents.

Zak ferma les yeux.

Ne pas se laisser gagner par la panique qui envahit la salle.

Encore des cris. Toujours plus forts.

Encore l'horreur et la stupeur. Toujours plus vives.

Il se rongea les ongles. Machinalement. Les cassant entre ses incisives. Crachant les rognures contre la vitre.

Mais l'ongle de son index droit se détacha entièrement de sa phalange quand il essaya de le tailler avec ses dents. Une douleur fulgurante lui traversa toute la main. Il observa ses doigts et le dégoût lui empoigna l'estomac. Presque tous ses ongles se décollaient. Du pus et du sang au bout de presque tous ses doigts. De la chair à vif. Douleur et dégoût. L'ongle de son médium gauche carrément retourné. Ne tenant plus que par la cuticule. Découvrant la chair purulente et rose. Presque fuchsia. Dégoût et douleur.

– Il faut prévenir un médecin… lui dit Lila en tremblant.

– Ils vont me coller avec toutes les épaves dans le bâtiment A ! se mit-il à sangloter.

Mais douleur. Dégoût. Et plus que jamais la peur.

Il perdit connaissance.

La mort déjà dans ses doigts. Et la sensation que son corps était du bois vermoulu qu'un simple coup de vent aurait pu disperser.

Il revint à lui moins de deux minutes plus tard. Suspendu entre deux scaphandres. Qui lui avaient fait descendre les escaliers sans qu'il s'en aperçoive. Un le tenant par les pieds et l'autre par les épaules. Jusqu'à la porte du bâtiment B qui donnait sur la cour.

La vue des cadavres éparpillés et des amoncellements macabres lui fit agiter les bras et les jambes pour essayer de se dégager :

– Laissez-moi ! Je veux pas traverser cette cour !

– On te conduit dans la salle médicalisée du bâtiment A pour te soigner… lui indiquèrent les scaphandres sans le lâcher.

Il s'accrocha à la poignée de la porte malgré ses doigts déchirés et il la tint si fermement qu'il l'arracha quand les scaphandres le tirèrent dehors. Une odeur de mort et de putréfaction dans la cour. Il rentra la tête dans son blouson et les mains dans ses manches pour confiner-calfeutrer-colmater les parties découvertes de sa peau. Mais il allait mourir. C'était inévitable. Et le monde dont il avait l'habitude, le monde dans lequel il rentrait tranquillement faire ses devoirs avant de dîner avec son père et sa mère, le monde dans lequel il encourageait l'OM sans se soucier de savoir le temps qui lui restait à vivre, ce monde-là semblait n'être désormais que le fruit de son imagination.

Vendredi 17 février – 20 h 05

Extrait du journal de France Info :

Les informations sont délivrées au compte-gouttes par les autorités, mais nous avons enfin pu joindre le Pr Berger, responsable des Maladies infectieuses à l'Hôpital Nord de Marseille, qui a bien voulu répondre à nos questions :

« Le virus ISOLA est un coronavirus de métamorphose cellulaire extrêmement pernicieux et foudroyant. Il s'agit d'un virus d'origine totalement inconnue. Il a fait son apparition ce matin dans le collège Rosa Parks et, d'après les recherches de nos épidémiologistes, aucun virus analogue ne se serait manifesté auparavant. Le collège Rosa Parks serait le seul foyer d'infection à l'échelle de la planète. Nous sommes donc face à un problème exceptionnel. L'équipe du Pr Fabre travaille actuellement dessus pour tenter de le cerner. Mais ça demande du temps. D'autant plus que nous avons apparemment affaire à un virus mutant. C'est-à-dire qu'il est capable de se transformer au fur et à mesure du milieu qu'il côtoie et des épreuves qu'il rencontre. L'équipe du Pr Fabre avait par exemple acquis la certitude que ce virus ne se transmettait que par contact mais, peu après, des agents de police et des pompiers ont été atteints alors qu'ils étaient pourtant munis de gants. Nous devons donc comprendre plus précisément ce à quoi nous sommes confrontés. Mais ce qui est sûr, pour le moment, c'est que le virus ISOLA reste cantonné dans l'enceinte du collège.

Après examen, aucune trace de contamination n'a été décelée chez les personnes qui fréquentaient les abords de l'établissement.

– Pouvez-vous nous dire combien il a fait de victimes ?

– Je ne sais pas vraiment... Vous avez entendu les chiffres donnés par le Préfet...

– Le Préfet a annoncé que les services de police en avaient dénombré au moins 250 à 16 h 30. Mais la situation a dû évoluer...

– Oui, la situation a évolué, et malheureusement pas dans le bon sens. Mais, écoutez, ce n'est pas à moi de vous répondre sur le nombre de victimes.

– Y a-t-il un espoir de sauver les élèves du collège ?

– Évidemment qu'il y a un espoir. Nous ne chercherions pas s'il n'y avait aucun espoir. Nous sommes dans une situation très délicate, face à un virus jusqu'alors vierge de toute étude, mais nous avons heureusement l'espoir de le neutraliser pour les sauver. »

chapitre 24

La radio tournait en boucle depuis plus de trois heures – servant toujours le même baratin.

Slimane piquait des suées.

Malgré le froid – putain de bâtiment B.

Il ferait mieux de se tirer.

La trouille, le froid, l'envie de vivre – mais la certitude de mourir s'il restait là.

– J'aurais pas dû bouffer le sandwich de ton pote Zak… il dit à Karim.

– T'inquiète, c'est rien, il a pas mordu dedans.

À croire que les rôles s'étaient inversés – et que c'était maintenant à son petit frère de le rassurer.

– Ouais, mais il l'a touché avec ses putains de doigts et, dix minutes après, il a perdu ses ongles !

Il regarda ses propres ongles avec attention – sans rien remarquer d'anormal mais sans réussir à se calmer. France Info avait annoncé que seul le collège Rosa Parks était atteint par ce putain de virus – ça voulait dire quoi ? Tous ceux qui n'étaient pas dans ce putain de collège poursuivaient leur existence sans danger – voilà ce que ça voulait dire.

Mme Gabriel cala la radio sur une station musicale du genre jazz et ennui :

– Ça nous changera un peu…

Les deux autres profs marmonnaient entre eux – son prof de techno M. Charron et un vieux con qui s'appelait M. Delage.

Tandis que le pompier aboyait dans sa radio au fond de la salle :

– Il faudrait nous faire évacuer pour nous mettre à l'abri de cette contagion !

– On va vous porter des matelas et des sacs de couchage… cracha une voix métallique dans le récepteur.

– Personne ne tient à passer la nuit ici !

Des crachouillis en guise de réponse – mais le pompier les comprit et répliqua :

– Le bâtiment B du collège n'est pas une zone saine ! Un élève de la salle dans laquelle je me trouve vient d'être touché !

Il devait être en train de négocier avec ses supérieurs :

– Vous ne pouvez pas trouver un endroit capable de nous accueillir ? Il y a des bâtiments vides dans tout Marseille ! Il suffirait d'en bâcher un pour éviter tout risque !

La réponse fut clairement audible cette fois :

– Ce n'est pas moi qui décide, vous le savez très bien, c'est le Préfet. Et le Préfet ne veut pas prendre le moindre risque. Or tout déplacement d'une population susceptible d'être contaminée constituerait un risque. Conclusion : il n'en est pas question !

Le pompier raccrocha sa radio – rouge et furieux. Il arracha son casque – devint brusquement aussi blanc qu'un lavabo. Et le jeta à toute volée contre le tableau à l'autre bout de la salle – d'un ample et vif mouvement du bras comme quand Slimane tirait un coup franc depuis la ligne des 9 mètres. Choc et fracas – l'ardoise du tableau se fendit en dessinant une lézarde sur toute sa largeur.

– Bordel ! s'écria M. Charron. Mais ça va pas, mon vieux, qu'est-ce qui vous arrive ?

– Excusez-moi… marmonna platement le pompier.

La porte s'ouvrit – voilà Jamel. Le pion remarqua le casque – par terre. Et le tableau noir fracturé l'ardoise en train de s'effriter à retardement par endroits alors que tout était redevenu calme.

– Je peux vous emprunter une guitare ? il demanda à la prof de musique.

– Pour quoi faire ?

– Un élève de la salle 4 a envie d'en jouer…

– Vous trouvez que c'est le moment ? réagit M. Delage.

– Oui. Sa copine a été embarquée dans le bâtiment A et il a besoin de se détendre. Je vois pas où est le problème, vous écoutez bien de la musique ici, non ?

Le vieux prof ne s'en était pas encore aperçu – il regarda tour à tour les enceintes de la chaîne et les élèves avant de gueuler :

– Qui a changé la station de la radio ?

Jamel fila avec une guitare acoustique sans attendre de réponse.

– C'est moi, bredouilla Mme Gabriel, je pensais que…

Et merde – voilà maintenant un putain de convoi militaire devant le portail. Encore plus de sueur sur le front de Slimane – mate un peu ces camions. Vise-moi les scaphandres qui en descendent – couleur kaki, ceux-là, pas orange comme les autres. Tirant des chariots dans la cour du collège – des chariots chargés de tapis et compagnie. Vers le bâtiment B – voilà de quoi bien dormir.

– Il va falloir aménager la salle en dortoir… dit le prof de techno.

Slimane se voyait mal passer la nuit ici – il essaya de retarder l'échéance :

– Ça presse pas !

– Il va être temps de vous coucher…

– Et puis quoi ? Je me couche quand je veux !

– Je te rappelle que tu n'es pas chez toi, Slimane, tu ne peux pas te comporter comme bon te semble ! Et il y a ici des 6èmes fatigués qui ont besoin de repos !

L'autre con de M. Delage tapa dans ses mains :

– On va commencer par rassembler les chaises et les tables dans le fond de la salle pour faire de la place.

Ils s'activèrent tous – un raffut de crissements sur le sol.

Des militaires déposèrent des lots de sacs de couchage dans le couloir. Et ils repartirent aussi vite qu'ils étaient venus. Traversant la cour en abandonnant les chariots vides derrière eux avant de grimper dans leurs camions et de se tailler.

– Quelle bande de bons à rien ! se moqua le pompier. Ils nous ont apporté des matelas ridicules et ils se cassent aussitôt ! Leur prochaine mission courageuse sera peut-être de nous livrer le petit-déjeuner demain matin…

Slimane balaya la salle du regard.

Les chaises empilées et les tables les unes sur les autres dans le fond – bien mieux rangées que les cadavres dans la cour.

– Où tu vas ? il demanda à son frère.

– Je vais parler un peu avec Lila.

– C'est qui ?

– La fille, là, près de la porte... Elle est dans ma classe. Lâche-moi un peu la grappe !

Il lui colla une beigne sur le crâne :

– Me parle pas comme ça, Karim, fais gaffe à ta gueule !

Certains déroulaient déjà les tapis de sol et dépliaient les sacs de couchage.

Putain – vise-moi ça ! Juste là – par terre. Mate un peu ce truc – c'est quoi ?

Slimane se frotta les yeux et se pencha en avant.

Putain – c'est un ongle !

– Merde !

Putain – un ongle arraché ! Vérifie tes doigts – tous tes ongles sont là ! Putain – ça devait être à Zak !

– Merde ! il gueula plus fort en désignant le truc. Regardez ça !

Tous s'approchèrent – puis tous s'écartèrent. Tous conscients de la menace – un ongle bien plus venimeux qu'un serpent. Ils se précipitèrent contre les murs – en criant et renversant les piles de chaises qu'ils avaient si bien ordonnées. Un mouvement de panique – un de plus.

Slimane attrapa son frère par une manche et le tira vers la porte.

– Restez ici ! ordonna M. Charron.

Mais Mme Gabriel était déjà dans le couloir – Slimane lui emboîta le pas et tous les autres le suivirent hors de la salle 16.

Direction les escaliers. Direction le rez-de-chaussée. Direction la sortie.

Merde – des scaphandres orange et des flics montaient la garde en bas. Avec Jamel et M. Brieu – qui surveillaient les allées et venues. Pas le moment de se tailler – pas encore.

La prof de musique essaya pourtant de passer à travers. Elle devint hystérique quand un des flics la repoussa. Hurlant des injures que Slimane et tous les autres avaient du mal à imaginer dans sa bouche. « Sale fils de pute ! » et pire. Mme Gabriel méconnaissable. Le flic dut l'empoigner par les cheveux pour la forcer à reculer. Elle le gifla. Elle lui griffa le visage. Mais il finit par lui envoyer un brusque coup dans le ventre. Ça la cassa en deux. Elle tomba à genoux et se mit à pleurnicher comme une petite fille.

Merde – ça cloua tout le monde.

– Que font ces élèves ici ? claironna M. Brieu.

Tous lui répondirent à la fois.

On les calma.

On leur balança des conneries rassurantes.

On condamna la salle 16 et on les répartit dans d'autres salles.

Slimane et Karim envoyés en salle 4 – Jamel ne les lâcha pas des yeux.

Des accords de guitare quand ils pénétrèrent dedans.

Et merde – Slimane reconnut tout de suite le mec qui tenait la guitare. C'était Matt – le pote de Nino. Et il aperçut Nino – assis dans un coin de la salle avec ce qui restait de ses camarades.

Cette grande gueule l'accueillit presque à bras ouverts :

– Slimane ! Merde alors… T'es toujours vivant !

Ils avaient déjà disposé des matelas et des duvets en cercle autour de la guitare.

– Il va peut-être tous nous enterrer ! ricana sa copine la Chinetoque.

– Inch'Allah… dit Slimane

– Ouais, c'est ça, « Inch'Allah » mon cul ! Sans déconner… Tu crois que c'est Dieu qui décide ou quoi ?

Slimane laissa passer – c'était pas la peine. Pas le moment de s'embrouiller – et pas envie de se bagarrer. Il devait garder ses forces pour se tirer de là – dès que l'occasion se présenterait.

– Reste à l'écart de ces connards ! il glissa juste à son frère.

– Allez, venez vous asseoir avec nous ! les invita Nino. On parlait de ce qu'on aimerait faire si c'était notre dernière nuit à vivre !

– On en était à « se torcher la gueule » ou « pleurer »… dit la Chinetoque.

Pour sa dernière nuit, Slimane aurait aimé niquer, histoire de voir ce que ça faisait, parce qu'il ne l'avait jamais fait, il l'avait juste imaginé, comme Nino, comme la plupart de ceux qui étaient là – mais personne n'avait mis ce sujet sur le tapis alors il se contenta de demander :

– Ce qu'on « aimerait faire » ou ce qu'on « devrait faire » ?

– Comme tu veux, merde, on n'a pas vraiment le temps de chipoter sur les mots…

Slimane alluma une cigarette sans se soucier des profs ni de personne et dit :

– Ce qu'on devrait faire, c'est se tirer d'ici avant qu'il soit trop tard !

Mais Matt qui avait fini d'accorder la guitare emporta la fin de sa phrase en se mettant à jouer comme un dingue – un vieux tube merdique. « Un jour j'irai à New York avec toi » – des paroles à la con. New York avec toi – n'importe quoi.

Ils allaient crever dans ce putain de collège et mille questions déferlèrent sous le crâne de Slimane.

Non – pas mille. Une seule – quel souvenir allait-il laisser aux vivants s'il crevait ? Il était si jeune – il avait lui-même si peu de souvenirs.

Une question qui le fit couler dans le sommeil.

Vendredi 17 février - 22 h 17

Extrait du flash de France Info :

L'accès aux informations concernant le péril sanitaire qui touche le collège Rosa Parks à Marseille est très difficile. Le Préfet des Bouches-du-Rhône a donné une conférence de presse à 17 heures pour faire le point sur la situation et vous avez pu entendre le Pr Berger sur notre antenne, mais les autorités verrouillent la communication. Les journalistes n'ont pas le droit de franchir le périmètre de sécurité, ni les caméras ni les photographes n'ont accès au lieu du drame, résultat : aucune image de cette catastrophe n'a encore pu être prise. Mais Jérôme Colombain, notre journaliste spécialiste des réseaux sociaux, après avoir navigué entre le site du collège et les pages Facebook des élèves inscrits, vient d'en découvrir six. Six images du sinistre, six images terrifiantes qu'un élève de 4ème a apparemment prises avec son téléphone mobile et qu'il a postées à 17 h 10. Vous pouvez désormais les trouver en lien sur notre site franceinfo.fr.

Vendredi 17 février - 22 h 24

Échange téléphonique entre le Pr Berger responsable du pôle « Maladies infectieuses » de l'Hôpital Nord et le Pr Fabre en intervention au collège Rosa Parks :

Pr B. : *Vous êtes encore debout ?*

Pr F. : *Comme notre camarade ISOLA. Mais lui est plus vaillant que moi. Il se répand toujours aussi rapidement. Et d'une façon qui reste encore inconnue.*

Pr B. : *Je vous appelle pour éclaircir une chose… Vous m'avez bien affirmé que ce virus mourait en même temps que les organismes qu'il infectait ?*

Pr F. : *Oui.*

Pr B. : *Toutes vos analyses confirment cela ?*

Pr F. : *Oui. Ce paramètre est même un des seuls à ne pas évoluer.*

Pr B. : *Bien. Si le virus ISOLA disparaît ainsi tout seul avec ses victimes, on sait donc comment l'éliminer.*

Pr F. : *Tant qu'il ne franchit pas les limites du cordon sanitaire… Mais où voulez-vous en venir ? Vous envisagez de sacrifier toute la population du collège pour que le virus s'éteigne de lui-même avec la dernière victime ?*

Pr B. : *Non, pas moi, mais c'est ce qu'imagineront les plus hautes autorités dans le pire des cas.*

chapitre 25

Des montagnes de nuques brisées dans son sommeil. Des visages aux yeux vitreux et des paupières dévorées de furoncles. De la gelée opaque sortant de plaies béantes. Des bouches ouvertes édentées et des gencives noires semblables à du caoutchouc brûlé. Des blessures disproportionnées grouillant sur des bras sclérosés. Des lambeaux de chair. Des poils hérissés. Des corps désossés. Des ombres mouvantes qui se déchiraient ou s'entrechoquaient en tintant comme des crocs de boucher.

Matt se réveilla en plein milieu de la nuit. Avec de la sueur et des cris. Sa tête contre la guitare. Ses cheveux emmêlés dans les cordes.

Hors de son cauchemar. Et pourtant toujours dedans.

Rien autour de lui ne pouvait lui faire oublier la terreur qui l'avait réveillé. La terreur était partout. Dans son ventre, dans son cœur, dans son souffle. Lui froissant les muscles et faisant craquer toutes ses articulations alors qu'il était immobile. La terreur flottait au-dessus des corps endormis autour de lui. Lourde et sourde. De plus en plus palpable.

Charlotte absente et la terreur partout.

Il voulut appeler à l'aide mais parvint à se coller les mains sur la bouche pour se retenir. Personne ne pouvait l'aider. Hormis ses camarades qui auraient pu le gifler s'ils ne dormaient pas.

Toujours aucun signe de Charlotte sur son portable. Rien que des messages de ses parents. Il ne les ouvrit même pas.

Il se leva et regarda dehors. Les morts dans la cour. Simplement séparés de lui par l'épaisseur d'une vitre. Et le bâtiment A à un jet de pierre. Le bâtiment A dont toutes les salles du rez-de-chaussée étaient éclairées.

Le corps de Charlotte quelque part là-bas. La bouche et les cheveux de Charlotte là-bas. Sa taille et ses hanches. Ses jambes, ses seins, ses fossettes. Charlotte. Morte ou vivante, se dit-il, sans que ce soit une question, juste le résumé des deux seules options possibles.

Un rougeoiement de cigarette se refléta dans la vitre. Il tourna la tête et aperçut Slimane qui fumait une clope sur sa gauche. Debout lui aussi.

Les clopes avaient soulevé un débat tout à l'heure. Un prof voulait empêcher quiconque de fumer. Sans argument valable, surtout concernant la santé, vu la situation dans laquelle ils se trouvaient. Et le pompier avait même fini par en allumer une lui aussi pour clore la discussion.

– Tu peux m'en filer une ? demanda Matt.

Slimane lui tendit son paquet.

Et ils fumèrent tous les deux en silence face à la nuit.

Le ciel teinté d'orange par les lumières de la ville. Des immeubles au loin. Le bruit étouffé de quelques voitures.

Nino ouvrit les yeux sans se souvenir du moment où il les avait fermés.

Il vit le sac de couchage de Cess près de lui. Il tendit un bras pour mesurer l'espace qui les séparait. Il lui toucha la pointe des cheveux.

Il ignorait si elle était éveillée ou endormie. Mais il distingua sa respiration.

Il se mordit les lèvres. Pour éviter de l'embrasser ou pour éviter de pleurer. Et il cala le rythme de sa propre respiration sur la sienne. Comme si c'était la seule et dernière chose qui pouvait les rapprocher avant le retour de la foudre.

Samedi 18 février - 02 h 48
SMS de Matt à Charlotte :

Je t'aime !
Je ne t'oublie pas !

Samedi 18 février - 02 h 53
SMS de Nino à Cess :

Cess, je suis juste là,
j'entends ta respiration,
je ne sais pas si tu dors,
mais j'aimerais trop
continuer à t'embrasser,
n'importe où n'importe quand,
et bien plus.

chapitre 26

Rien ne les différenciait désormais. Maigres ou costauds, jeunes ou vieux, filles ou garçons. Tous égaux devant la mort. Les plus vaillants ne pesaient pas plus lourd que les autres. La mort se foutait aussi bien de leur poids que de leur taille. La mort se foutait même de savoir qu'elle était beaucoup trop prématurée pour eux. La mort les englobait tous sans distinction. À croire que tout être vivant en valait finalement un autre.

Zak eut le temps de cogiter là-dessus. Allongé sur un brancard dans la salle des profs. Des compresses sur le crâne. Les doigts couverts de pommade et de bandages. Une aiguille dans l'avant-bras reliée à un flacon suspendu à la poignée d'un casier.

Des corps brisés et haletants partout autour de lui. Cris-pleurs-plaintes. Et des couleurs vives sous les néons. Du sang. Des serviettes blanches imbibées de rouge. Des scaphandres orange qui épongeaient des plaies bleues.

Contrairement à la mort, peut-être pour mieux lui préparer le terrain, le virus semblait se soucier des détails. Ongles, nerfs, synapses, muscles, vertèbres, alvéoles, rien ne lui échappait. Et le virus les attaquait tous à chaque fois de façon différente. Sans faire dans la dentelle, évidemment, mais toujours plus inventif.

Zak avait pu en voir des exemples épouvantables. Cette fille dont les globes oculaires avaient gonflé si démesurément qu'ils avaient éclaté en projetant sur le sol des humeurs qui firent fondre le lino. Ce garçon qui s'était retrouvé avec sa propre langue sur les genoux, sa langue sectionnée au niveau du pharynx qui était tombée toute seule hors de sa bouche et qui remuait encore comme une gigantesque limace. Et tous ces corps qui se déformaient tant et si bien que Zak ne pouvait pas les reconnaître d'un moment à l'autre.

Le virus fignolait son cruel-impitoyable-irréversible travail de sape.

Zak tentait de garder les yeux ouverts. Alors que le pire ne cessait de surpasser le pire. Et que le temps défilait sans aucune logique.

Derrière les murs, au-delà du collège comme au-delà de la ville, ses parents et un tas de gens devaient dormir à peu près normalement et, le matin, ils se lèveraient alors que lui serait peut-être déjà mort.

Ne pas sombrer. S'accrocher.

Mais le sommeil le surprit à plusieurs reprises.

Il rouvrait les yeux en sursautant et la peur lui boursouflait les cernes.

Alors que les minutes traînaient comme des heures et que, parfois, au contraire, quand il imaginait que son cœur allait bientôt s'arrêter, les heures coulaient aussi vite que le sang dans ses artères.

Un scaphandre changea sa perfusion.

Alors qu'un réflexe réveilla Lila dans le bâtiment B. Un réflexe de survie, peut-être, ou une douleur due à sa position inconfortable. Lila recroquevillée dans un sac de couchage sur un tapis de sol d'un demi-centimètre d'épaisseur.

Elle bondit sur ses pieds. Au moins vingt cadavres par terre autour d'elle. Une vilaine odeur de vomi et de merde. Du sang et de la chair putréfiée. Et les premières lueurs de l'aube derrière les fenêtres.

Se boucher le nez. Se souvenir des instants qui avaient précédé son sommeil.

On lui avait fait quitter la salle 16 et elle s'était retrouvée en salle 2. Une salle soi-disant saine. Avec d'autres élèves, d'autres profs, d'autres pompiers. Tous vivants avant de se coucher. Et presque tous morts désormais.

Elle ne trouva pas la force de hurler. Mais des survivants le firent à sa place.

Hurler ne les protégeait peut-être pas. Ils vivaient depuis 24 heures dans un monde qui les détruisait aussi vite que possible sans même les considérer. Hurler leur donnait peut-être l'impression de dresser un frêle rempart contre ce monde.

Samedi 18 février - 08 h 15

Extrait des propos de Martin Tourange, Ministre des Affaires Sociales et de la Santé, interviewé par France Info :

F. I. : Monsieur le Ministre, au moins 250 morts dans un collège de Marseille hier à 16 h 30, on suppose que le nombre des victimes s'est alourdi depuis, mais nous n'avons pu obtenir aucun chiffre précis, est-ce que vous pouvez nous en donner ?

M. T. : Écoutez, je suis bien évidemment informé de l'évolution de la situation au fur et à mesure, mais vous communiquer un chiffre ne servirait à rien. D'abord parce que, vu que les victimes ne cessent d'augmenter, ce chiffre serait caduc dans les minutes qui suivent. Et ensuite parce que, plutôt que de faire des comptes macabres, nous devons avant tout concentrer nos efforts pour trouver une solution. Croyez bien que je déplore toutes ces victimes. Mais je vous garantis que je déploie tous mes efforts pour tenter de trouver une solution, en partenariat avec les acteurs de tout le territoire et de toutes les structures, même au niveau international, pour protéger toutes les personnes en situation de fragilité face à cette menace. Malheureusement, nous avons affaire à une menace inhabituelle et…

F. I. : Pourquoi utilisez-vous cette langue de bois ? N'êtes-vous pas clairement dépassé par la situation ?

M. T. : Dépassé ? Pas du tout. Nous avons pris toutes les mesures nécessaires pour que ce virus ne dépasse pas les limites du collège et pour éviter ainsi tout risque de pandémie ! Nous sommes simplement submergés par ce qui se passe à l'intérieur même du collège. Car nous avons affaire à une situation d'une gravité sans précédent. Mais je peux vous assurer que tous les services de mon ministère sont mobilisés pour y faire face !

chapitre 27

Slimane avait dormi quoi – deux ou trois heures maximum. Ses yeux étaient cerclés d'ombres. Putain – et de nouveaux cadavres l'encerclaient au réveil. Des élèves au visage vert-de-gris et deux profs dans une mare de sang gelée. Putain – bouge !

Il secoua son frère :

– Karim !

Les rares survivants bondissaient hors de leur sac de couchage.

Karim ouvrit les yeux – plein de peur et de panique. Des filles et des garçons se cassaient déjà par les fenêtres – de la salle 4 mais aussi des autres salles à côté. Galopant dans la cour – en direction du portail ou du parking. En pleurs – juste guidés par la peur et l'envie de fuir. Mais des scaphandres ou des pompiers les rattrapaient – presque aussitôt. Ou la foudre – encore. La foudre les séchait comme une bombe aérosol aurait anéanti des blattes – presque tous.

– Il faut vraiment se tirer de là ! dit Slimane.

– Je crois pas… pleurnicha Karim affolé à l'idée de traverser la cour.

Mais les ravages étaient des deux côtés – à l'intérieur comme à l'extérieur.

Et une demi-douzaine d'élèves trépignaient encore en salle 4 sans pouvoir se décider.

Nino ramena sa grande gueule :

– Où on pourrait aller ? Les flics sont tout autour du bahut !

– Rien à foutre ! cracha Slimane. Ce collège, c'est la mort ! La vie, elle est dehors ! Les salles de l'autre côté du couloir ont leurs fenêtres sur la rue !

– Elles sont fermées ! lui jeta Nino. Ils ont fermé toutes les salles impaires parce qu'elles donnaient sur la rue !

– Rien à foutre ! Je me casse !

Slimane agrippa son frère par une épaule et traversa le couloir – enjambant encore des cadavres. Il attaqua la porte de la salle 5 à grands coups de pied – furieusement, avec tout son poids, sa force démultipliée par la colère. La porte vibra – mais il comprit qu'elle ne s'ouvrirait pas.

– Fortin doit avoir les clés… lui dit Cess la Chinetoque.

– Qui c'est ?

– Le prof de physique étalé à tes pieds.

– Putain ! T'as vu dans quel état il est ? Je fouille pas dans ses poches !

L'urgence partout – et des solutions nulle part. Mais plus personne ne gardait la porte principale du bâtiment B – les scaphandres et les pompiers débordés avaient décroché. Mais derrière – le charnier et la foudre.

Matt se dirigea vers la cour en déclarant calmement :
– Je vais voir Charlotte…
– Où ça ? lui demanda Slimane.
– Dans le bâtiment A.
Connexion sous le crâne de Slimane – et un vague espoir :
– Les fenêtres de la salle 117 du bâtiment A donnent sur le toit de la cantine. De là on pourra peut-être se débrouiller…
Ça n'excita personne – mais personne ne trouva quelque chose de plus valable. Ils s'enveloppèrent dans des sacs de couchage – pour se protéger ou se convaincre que ça les protégerait. Et tous suivirent Matt jusqu'à la porte – freinant et hésitant plus que jamais une fois sur le seuil.
L'air de la cour était chargé de paillettes de sang.
Il ne s'agissait plus de s'opposer à la peur – mais de la prendre à bras-le-corps.

Samedi 18 février – 09 h 20

Notes de M. Brieu sur son carnet personnel :

Nombre de décès constatés (élèves et personnes de l'établissement) : 581
dont 128 élèves de 6ème, 156 élèves de 5ème, 125 élèves de 4ème, 116 élèves de 3ème, 43 professeurs, 2 membres du personnel d'encadrement (Mme Duffort et Mme Chape),
4 surveillants, 2 membres du personnel administratif (la secrétaire et la gestionnaire),
5 membres du personnel de service.
11 personnes se font examiner en salle informatique.
54 personnes dans un état grave sont isolées en salle de permanence et en salle des professeurs, dont 51 élèves et 3 professeurs.

Samedi 18 février - 09 h 23
Bulletin météo de France Info :

« Les températures sont en hausse, mais le ciel ne sera pas dégagé sur la majeure partie du pays ce week-end. Des pluies tomberont dès cet après-midi dans tout l'ouest, du Finistère à la côte aquitaine jusque dans le Limousin. Des averses également au-dessus de la diagonale qui s'étend de la Basse-Normandie à la Franche-Comté. De la neige dans les Alpes, les Pyrénées et le Massif central. Un ciel bleu et un froid sec dans le quart sud-est. Il fera 12 à Ajaccio, 10 à Marseille, 8 à Bordeaux et à Brest, 5 à Paris et à Cherbourg, 4 à Toulouse et 0 à Lyon. »

chapitre 28

Une odeur d'hôpital dans le bâtiment A, une odeur de liquide antiseptique, eau de Dakin ou autre. Ça contrastait avec l'odeur de mort qui inondait la cour. Ils avaient traversé la cour aussi vite que possible, en ligne droite, courant et sautant par-dessus les corps décomposés, mais l'odeur de charogne et de pourriture avait aisément transpercé l'épaisseur des sacs de couchage sous lesquels ils se protégeaient. Les sacs de couchage ne les avaient peut-être pas si bien protégés, au contraire, ils avaient même entravé leur course. Mais Matt avait foncé sans fléchir et les autres l'avaient suivi, avec plus ou moins de conviction, Nino et Cess tirant Julie par une main. Nino et Cess avaient dû forcer Julie à venir avec eux sinon elle serait restée là-bas dans le bâtiment B. Ils avaient couru à fond et les scaphandres les avaient regardés passer sans intervenir. D'autres élèves les avaient rejoints, d'autres élèves égarés dans la cour les avaient suivis sans même savoir où ils allaient, tous portés par une énergie soudaine qui semblait se multiplier. Ils étaient partis à sept du bâtiment B mais ils s'étaient retrouvés une trentaine une fois au milieu de la cour. Et leur groupe aurait encore grossi si la foudre ne les avait pas clairsemés en fin de course. La foudre en avait fauché plusieurs dans les derniers mètres. Juste avant que Matt ne franchisse les portes du bâtiment A, talonné par Slimane et son petit frère, Nino et Cess et Julie, entraînant les autres survivants dans leur élan. Une vingtaine de survivants à peine. Voilà. Et ils étaient désormais dans le hall, essoufflés et frissonnants, tels d'improbables rescapés ou des athlètes victorieux, tous prêts à croire qu'ils étaient sauvés. Mais l'odeur d'hôpital, le sang, les brancards et les corps à l'agonie présents dans le hall leur rappelèrent aussitôt que c'était loin d'être le cas.

Personne ne fit vraiment attention à leur arrivée. Ou du moins personne ne s'attarda sur eux. Bien trop d'agitation dans le hall. Un vrai chantier. Des pompiers et des soignants en scaphandre, le visage marqué de fatigue derrière leurs casques vitrés, allaient et venaient entre les différentes salles. Transportant des flacons, des sachets de coton, des rouleaux de gaze, des trousses médicales, des malles, des civières, des corps inertes sous des draps imbibés de sang, des piles de dossiers, des appareils et des ustensiles dont les collégiens ne connaissaient ni le nom ni la fonction.

– Les gamins crèvent et crèvent encore ! s'égosilla un des scaphandres. On ne peut pas arrêter ça ! Bon sang ! Je voudrais pouvoir donner ma vie pour les sauver !

Un badge indiquait « Dr Masson » sur sa combinaison. Nino le reconnut malgré son casque. Ce médecin avait assisté à la mort de Rachid la veille à 10 heures dans la cour. Il faisait partie de la première équipe des urgences. Mais il semblait être devenu cinglé.

– Votre sacrifice ne changerait rien à la situation… lui dit un autre. Je vous conseille de vous reposer un peu…

Le Dr Masson fit un vague geste et la vitre de son casque se couvrit de buée et sa tête entière explosa. À l'intérieur même de son scaphandre. Les os de son crâne giclèrent en tintant. Avec des morceaux de cervelle étrangement aussi orange que sa combinaison.

Nino immobile. Comme les rares survivants du bâtiment B. Tous figés dans le hall du bâtiment A dont tous les murs se resserraient.

Seul Brieu s'approcha d'eux. Et eux s'écartèrent quand ils le virent. Car tous comprirent qu'il était contaminé en distinguant ses paupières brunes, ses joues anormalement creusées, la morve noire sous son nez et sa gorge qui enflait. Les vaisseaux rouges du blanc de ses yeux semblaient se multiplier et lui jaillir carrément de la cornée.

Il leur sourit piteusement et ça leur servit de déclic. Comme si ce sourire hideux avait appuyé sur un interrupteur pour les extraire de leur stupeur. Les dispersant les uns et les autres en quatrième vitesse. Tels des insectes brusquement surpris par la lumière sous une pierre qu'un vulgaire coup de pied aurait soulevée. Certains se jetèrent contre les murs. Certains firent demi-tour pour ressortir dans la cour. Certains tournoyèrent sur eux-mêmes sans trouver d'issue valable.

– Là-bas ! indiqua Slimane.

La porte à double battant des escaliers était au fond du hall. Mais, le temps qu'ils l'atteignent, la mort en frappa d'autres parmi eux. Et ils ne furent que six à emprunter les marches pour grimper jusqu'au premier étage.

Matt ne les suivit pas. Matt pénétra dans la salle des profs au rez-de-chaussée. Matt repéra immédiatement le corps de Charlotte au milieu du chaos.

Le corps boursouflé de Charlotte. Ses veines dessinaient une toile d'araignée sur son front. Des stigmates et des reliefs qui annonçaient la mort.

Matt lui prit une main. Elle respirait encore.

– Vous ne devriez pas la toucher… lui signala une infirmière.

– Je m'en fous. Laissez-moi tranquille avec elle.

Sa main ne pesait rien dans la sienne. Il s'assit à ses côtés. Et dit :

– Charlotte.

Il chercha son regard. Et dit :

– Je t'aime.

Il lui dit ça si platement qu'il le regretta presque. Mais il ne parvint pas à le dire autrement. Il n'avait pourtant jamais été aussi sûr et certain qu'il l'aimait à ce point.

Il se pencha sur son visage. Embrassa ses lèvres sèches et froides. Et dit :

– Charlotte. Faut que je te dise un truc. Je t'ai toujours dit que j'avais déjà couché avec une fille avant toi. Eh ben c'est pas vrai. Tu étais la première. Et tu es la seule.

Elle sourit presque pour murmurer :

– Je le savais.

Et elle s'arrêta définitivement de respirer.

Matt se posa les mains sur les oreilles et poussa un cri qui traversa les scaphandres, un cri qui se répercuta contre les murs impassibles du collège, un cri qui fendit le plafond et les étages avant de pourfendre le ciel millénaire.

Samedi 18 février - 09 h 41

Échange téléphonique entre le commandant Cardona responsable de la coordination du dispositif Orsec et le capitaine Leroy dirigeant les effectifs de police sur place :

C. C. : *Faites-moi le point sur la situation.*

C. L. : *Tous nos effectifs veillent sur le périmètre de sécurité. Mais ça a l'air d'être une sacrée pagaille à l'intérieur de l'établissement. Les victimes se multiplient et…*

C. C. : *Aucun de vos hommes n'est à l'intérieur du collège ?*

C. L. : *Non. Je vous rappelle que 21 agents des CRS sont morts hier à 17 h 15 au milieu de la cour. J'ai depuis formellement interdit à mes hommes de pénétrer dans l'établissement sans les combinaisons NBC que je vous avais demandées.*

C. C. : *Je vous ai fait livrer ces combinaisons par les soldats de l'armée !*

C. L. : *On n'en a pas vu la couleur, mon commandant, on les attend toujours.*

C. C. : *Putain de bordel de merde !*

C. L. : *Je ne vous cache pas que nous sommes désemparés. Et je me demande quelles consignes donner à mes hommes si des individus sortent du collège.*

C. C. : *Nous devons avant tout contenir le virus !*

C. L. : *Quelles sont les consignes ?*

C. C. : Votre objectif est de les retenir isolés à l'intérieur. Tout individu qui sort de l'établissement devra être considéré comme un danger criminel.

C. L. : Comment voulez-vous qu'on les arrête si nous n'avons pas de combinaisons ? J'ai cru comprendre que leur poser la main dessus risquait de profiter au virus et…

C. C. : Alors abattez-les ! Il en va de la sécurité nationale !

C. L. : Ces élèves ne sont pas des terroristes, mon commandant…

C. C. : Ils représentent une menace bien pire ! Et de toute façon ces élèves sont déjà condamnés. Alors je répète, s'ils sortent du collège, abattez-les !

C. L. : C'est une décision du Préfet ?

C. C. : C'est un ordre qui émane de bien au-delà !

chapitre 29

Dans le couloir abandonné du premier étage du bâtiment A. Lila ne savait même pas ce qu'elle faisait là. Elle ne connaissait que Karim dans le petit groupe qu'elle avait décidé de suivre. Et son grand frère Slimane, vaguement, même si ce dernier ne mettait jamais les pieds au collège, presque tout le monde le connaissait à cause de sa sale réputation. Les autres étaient des 3èmes. Nino, Cess, Julie. Nino s'était battu avec Slimane la veille dans l'après-midi. Un échange d'insultes et de coups auquel Lila avait assisté de loin. Mais l'urgence et la peur les avaient visiblement réconciliés. Ils couraient maintenant dans le même sens. Deux vieux ennemis trop occupés à fuir pour se quereller.

Lila les avait rejoints au milieu de la cour tout à l'heure. Parce qu'elle était seule. Démunie-fragile-perdue. Parce qu'ils avaient l'air déterminés et qu'elle ne savait pas où aller. Elle aurait même suivi une ombre pour échapper aux mâchoires de la foudre.

Elle voulait revoir la mer. Elle voulait se baigner en plein été. Elle voulait grandir sans s'en faire.

Son portable sonna au bout du couloir. Devant la porte de la salle 117.

Décrocher.

– Oh ma chérie !

– Maman…

– Ma chérie ! Je suis si contente que tu sois vivante ! Oh mon Dieu ma chérie !

Sa mère en roue libre sur la ligne. Frisant l'hystérie. À rire et pleurer sans lui laisser en placer une.

– Devine où ton père a passé la nuit ma chérie ! Devine un peu ! Il a passé la nuit au commissariat ! Il a voulu forcer un barrage de police hier soir pour venir te voir et boum ! Les flics l'ont conduit illico en cellule pour le calmer ! Tu te rends compte ?

– Maman…

– Mais ne t'inquiète pas il est là avec moi ! Il est rentré ce matin ! Et d'autres parents sont là aussi avec nous ! On doit trouver une solution pour vous récupérer ! Les parents de Zak sont également là ! Est-ce que Zak est avec toi ma chérie ?

Non. Zak n'était pas là. Lila aimait beaucoup Zak. Elle aimait son insolence et ses cheveux mal coiffés. Mais elle avait vu une mèche de ses cheveux tomber hier soir. Elle aurait aimé aller au cinéma un jour avec lui et elle aurait aimé lui dire qu'elle l'aimait. Mais Zak n'était plus là.

– Ma chérie ?

– Oui…

– Est-ce que ça va ? Est-ce que Zak est avec toi ?

– Non…

Raccrocher. Elle voulait filer se baigner en plein été. Elle voulait voir le village de ses grands-parents en Algérie.

Elle voulait devenir coiffeuse, chanteuse, ou même exploratrice. Raccrocher et suivre les autres dans la salle 117.

Alors que Zak était toujours étendu au rez-de-chaussée. Que du sang ruisselait sur les carreaux blancs de la salle des profs. Et que les scaphandres pataugeaient.

Zak les yeux grand ouverts. Seules ses paupières bougeaient de temps en temps. Sans pouvoir balayer les ombres qui naviguaient autour de lui.

Il aperçut Jamel. Le pion qui impressionnait habituellement tout le monde. Tu parles. Jamel ne collait désormais plus la frousse à personne.

Un mec de 3ème hurlait à ses côtés. En serrant la main d'une fille morte. Zak l'identifia. C'était Matt. Et la fille devait être Charlotte. Zak les connaissait de réputation. « Ces deux-là couchent vraiment ensemble… » lui avait-on dit.

Le cri de Matt lui vrillait les tympans. Pire que le crissement d'une craie sur un tableau. Et se boucher les oreilles ne servait à rien pour échapper à ce cri.

Zak chercha le calme. Quelque part au fond de lui.

Il se rappela la fois où il s'était baigné dans les calanques avec son cousin Hugo. Il se rappela des truites que pêchait son grand-père dans les rivières. Il se rappela ses dernières vacances en Italie et des méduses qu'il avait vues à l'aquarium de Genova.

Des souvenirs aussi fluides et limpides que le virus qui lui noyait le sang.

Il attendit. Impassible-imperturbable-inébranlable. Il attendit que sa mère vienne le réveiller.

Mais l'air froid de l'extérieur lui fouetta le visage. Il se redressa sur un coude et constata que Jamel venait d'ouvrir une fenêtre. La rue juste derrière. Jamel dénigrant les consignes. L'air de la rue comme un appel.

– Interdiction absolue de sortir ! crachèrent des mégaphones depuis la chaussée.

Matt criait toujours. Mais il lâcha la main de Charlotte et ouvrit une autre fenêtre.

– Restez à l'intérieur ! entendit-il par-dessus son cri.

Mais impossible de rester là en faisant comme si tout allait s'arranger.

Zak arracha l'aiguille de sa perfusion plantée dans son poignet gauche. Pressa les bandages de sa main droite sur le trou pour éviter que le sang ne se répande. Se leva sans remarquer que son corps était couvert de furoncles. Et ouvrit lui aussi une fenêtre.

Une demi-douzaine d'agents de police en face.

Sans se concerter, Matt et Jamel enjambèrent leur fenêtre, d'un seul et même mouvement, et se retrouvèrent dans la rue exactement en même temps. Zak les suivit. Il eut plus de mal qu'eux à se glisser entre les montants, des courbatures dans tous les membres, mais il les rejoignit sur le trottoir.

Les agents dégainèrent leurs armes et les pointèrent sur eux :

– Retournez immédiatement à l'intérieur ! Nous avons ordre de tirer !

Jamel leva les mains en l'air en plaidant :

– Ne faites pas les cons…

Peut-être à cause d'un pas ou d'un geste de trop, ou simplement parce qu'on leur en avait donné l'ordre, les agents pressèrent la détente. Leur trouant le ventre et la poitrine ou le front. Fauchant leurs corps en projetant des courbes écarlates dans leurs dos. Éclaboussant les vitres de sang. Un million d'explosions-détonations-déflagrations. Un milliard d'impacts. Mais aucune douleur. Juste trois cadavres sur le trottoir.

Samedi 18 février - 09 h 53

Message du Pr Fabre en intervention au collège Rosa Parks sur la boîte vocale du Pr Berger responsable du pôle « Maladies infectieuses » de l'Hôpital Nord :

« *Nous allons de surprise en surprise. Une enseignante contaminée depuis hier vers 14 heures est décédée ce matin à 9 heures. Un record de longévité pour une personne touchée par notre camarade ISOLA ! Nous supposions que c'était dû au fait qu'elle était enceinte… Et nous avions vu juste ! Son fœtus de sept mois, lui, est d'ailleurs encore en vie, aussi incroyable que cela puisse paraître. Il n'en a plus pour longtemps mais nous profitons de ses derniers instants pour l'observer afin de comprendre ce mystère. Et devinez quoi ? Ce fœtus sécrète lui-même le virus sans que le virus n'attaque ses cellules ! Et mieux encore : le virus régénère partiellement les cellules mortes de sa mère pour l'alimenter ! Je crois que ce fœtus est le nid, l'incubateur, ou la matrice même de cet incroyable virus…* »

chapitre 30

Ce bruit – c'était quoi ?

Des échos fracassants dans les oreilles de Slimane.

Des coups de feu – voilà ce que c'était !

Ça venait de dehors mais ça résonnait partout. Slimane à l'arrêt et son petit frère pétrifié. La jeune Lila tremblante. Nino suspendu. Sa copine Cess figée et la grande blonde aux cheveux courts paralysée. Tous les six au milieu de la salle 117. Tous les six avaient entendu les détonations se chevaucher.

Des putains de coups de feu – comme si la foudre avait enfin pris de vraies armes.

Slimane fut le premier à se remettre à bouger.

Vérifie – jette un œil dehors. La salle 117 est dans l'angle du bâtiment – les fenêtres du fond donnent sur le toit de la cantine et celles de droite sur la rue. Colle ton visage contre une vitre – et mate un peu.

D'abord il vit les flics. Ensuite il vit que leurs armes fumaient encore. Enfin il vit les trois corps sur le trottoir.

Trop loin – trop loin pour les reconnaître.

– Les flics leur ont tiré dessus... Ils ont voulu se casser par la fenêtre de la salle des profs et les flics leur ont tiré dessus...

Il recula – heurtant une chaise et les deux copines de Nino.

– Si les flics tuent ceux qui essaient de se faire la malle, dit Cess, on est plus que dans la merde !

– Comme si on l'était pas déjà... il commenta.

Sauf qu'elle avait raison – cette exécution faisait empirer le pire encore d'un cran. D'insurmontable à irrémédiable – et définitivement définitif. Cette exécution voulait dire : « Vous devez crever ! » – « Et dedans ou dehors : vous allez crever ! »

– On a intérêt à se la jouer discrets...

Slimane ouvrit une fenêtre du fond – le toit plat de la cantine un mètre en dessous.

– J'espère que vous vous sentez de passer par là... Je vois pas d'autres solutions !

– Le toit du réfectoire ne mène nulle part... tremblota Lila.

– Rien à foutre ! On va essayer de voir si on...

Il ne finit pas sa phrase – une douleur le prit au dépourvu. Une soudaine douleur dans le creux de son coude – une douleur qui lui monta dans l'épaule. Comme si des câbles électriques dénudés lui rentraient dans la chair – 220 volts dans tout son bras.

Ça s'éteignit presque aussitôt. À peine le temps de penser à la foudre. La douleur se transforma en simples picotements.

Mais les autres s'écartèrent brusquement de lui – même Karim s'écarta de lui.

– Merde, Slimane, qu'est-ce qui t'arrive ?

La question venait de Nino mais tous se la posaient en le regardant – de la peur ou quelque chose comme de la peur dans leurs yeux.

– Quoi ? il réagit. Je sais pas, c'est rien, putain ! Quoi ?

Il ne ressentait rien – mais son visage se tuméfiait. Il ne ressentait rien – mais de l'écume lui sortait d'une oreille. Il ne ressentait rien – mais les veines de son cou se torsadaient.

– Qu'est-ce qu'il y a ?

Aucune douleur – mais il savait que quelque chose lui arrivait.

– Qu'est-ce que j'ai ? Putain ! Dites-moi ce que j'ai !

Personne ne lui répondit.

Le toit de la cantine – juste là. La fuite – à une enjambée.

Il chercha son reflet dans les fenêtres mais, même en les tournant dans un sens et dans l'autre, il faisait trop beau pour qu'elles lui renvoient la moindre image.

Il balaya la salle – aucun miroir. Mais là – juste devant le tableau. Sur le bureau – un rétroprojecteur.

Il se rua dessus. Il en souleva violemment le couvercle. Il pencha son visage sur la vitre de l'appareil.

Le reflet de son visage tuméfié dans la vitre – il le regarda sans arriver à déterminer si ce visage le regardait aussi.

– Putain…

Aucune douleur – ni aucune peur. Ni peur ni douleur – juste de la colère. Rien que de la colère – mais personne sur qui l'abattre.

Il tapa dans le rétroprojecteur à coups de poing. Brisant sa vitre et son ampoule et tout son mécanisme. Éclaboussant ses phalanges avec son propre sang.

Jusqu'à ce qu'une nouvelle décharge électrique le secoue – au niveau des omoplates cette fois. Deux secondes – pas plus. Mais ça suffit – ça suffit à le faire tomber sur le sol de la salle 117.

– Putain…

Il tomba – et il sut qu'il ne se relèverait plus.

Par terre, les bras le long du corps, les yeux ouverts sans rien regarder de précis.

Le visage de Karim apparut au-dessus de lui – déformé par la contre-plongée ou par les vaisseaux qui éclataient dans ses rétines.

– Karim, t'es mon petit frère, hein ? il lui demanda.

– Oui.

Il trouva la force de sourire :

– Karim, merde, je t'ai appris pas mal de conneries, non ?

– Oui.

– Mais pas que des conneries, si ?

– Non. Tu m'as appris plein d'autres choses, Slimane.

– J'aurais pu t'en apprendre encore, hein ?

Et il se mit à pleurer – il ne trouva aucune pensée digne d'espoir alors il pleura, il ne trouva plus la colère valable alors il pleura, il ne trouva pas la moindre chose capable de le réconforter alors il pleura.

– Oui, Slimane, t'aurais pu m'en apprendre encore plein… lui dit son petit frère.

Mais il allait mourir – comme tous ceux que la foudre avait déjà frappés avant lui. Il allait mourir – et personne ne pourrait le sauver. Il allait mourir – il était déjà mort.

Samedi 18 février - 10 h 06

Message de France Info sur la boîte vocale de Slimane :

« Bonjour, excusez-moi de vous déranger, je suis journaliste à France Info, j'ai trouvé votre numéro de portable sur votre page Facebook et je cherche à vous joindre pour avoir des informations sur votre situation à l'intérieur du collège. Merci de me rappeler au numéro qui s'affiche si vous recevez ce message. »

Samedi 18 février - 10 h 09

Message du capitaine Leroy dirigeant les effectifs de police sur la boîte vocale du commandant Cardona responsable de la coordination du dispositif Orsec :

« Nous avons abattu trois fuyards… À 9 h 52… Obéissant ainsi à vos instructions… »

Samedi 18 février - 10 h 11

Message du capitaine Leroy dirigeant les effectifs de police sur la boîte vocale du commandant Cardona responsable de la coordination du dispositif Orsec :

« J'oubliais… Le responsable des pompiers m'a signalé il y a cinq minutes que, sur toute la population du collège, il ne restait plus que 47 survivants… 45 élèves et

2 enseignants… Ils sont rassemblés dans les salles de soins du bâtiment A mais, selon l'équipe médicale, tous sont contaminés et leur espérance de vie est une question de minutes… »

chapitre 31

Un revêtement de feuilles en alu goudronnées sur le toit du réfectoire. Plat et vaste comme une grande esplanade. Mais sale et glissant.

Cinq collégiens complètement égarés dessus. Hagards et démunis. Tels cinq évadés au fond d'une impasse.

Nino se força à sourire, pour donner le change peut-être, continuer à se moquer du monde comme il en avait l'habitude, même s'il était conscient que personne ne le regardait ici, les fenêtres des immeubles en face étaient vides, tous les appartements évacués par la police, personne non plus sur les toits alentour, il avait regardé attentivement pour vérifier, persuadé qu'une multitude de tireurs d'élite postés sur les parapets les attendaient, mais non, même pas l'ombre d'une vigie, personne nulle part, juste le petit frère de Slimane qui sanglotait, Cess et Julie aussi pâles que des fantômes, la fille de 6ème qui tremblait à n'en plus finir, le ciel étincelant comme une chape de cobalt au-dessus d'eux, l'air comme un océan de couteaux, les échos de l'hécatombe claquaient encore sous leur crâne, un charnier de viscères gluants semblait vouloir les engloutir et Nino souriait parce que seul son sourire semblait le maintenir debout.

– Comment tu t'appelles ? demanda-t-il.

La 6ème balbutia :

– Lila…

– Lila, merde, arrête un peu de trembler. Et toi, Karim, arrête de pleurer.

Il se dirigea vers le rebord du toit qui dominait la rue. Accroupi pour ne pas que sa silhouette soit visible en contrebas. Puis à plat ventre dans les derniers mètres. Jusqu'à ce que son nez touche la gouttière qui courait le long de la façade.

Deux agents de police sur le trottoir en face du réfectoire. La plupart des autres bien plus loin sur la droite. Au niveau des fenêtres de la salle des profs. Et trois cadavres.

Il reconnut le corps de Matt. Et celui de Jamel.

Cess le rejoignit en rampant :

– Alors ?

– Alors c'est haut.

– Non. Je dirais cinq mètres. Plus ou moins.

– Merde, même moins, c'est trop haut.

Elle désigna quelque chose sur la gauche :

– Ce tuyau a l'air plutôt solide.

Le tuyau d'évacuation des eaux qui reliait le toit au trottoir.

– Oublie. Personne ne sait faire de l'escalade ici à part toi et Julie.

Elle se passa du *Dermophil indien* sur les lèvres :

– Pas besoin de savoir faire de l'escalade pour ça. Il suffirait de s'accrocher au tuyau et de se laisser glisser.

– Ouais, bien sûr, trop facile et trop discret, merde, il y a un tas de flics en bas.

Les yeux de Cess davantage plissés par le soleil.

Julie à l'autre bout du toit. Tout près du bord. Debout au-dessus de la cour. Surplombant l'endroit précis où Fab était mort.

– Julie ! appela Cess.

Aucune intervention de la foudre, cette fois. Julie fit seulement un pas en avant. Elle enjamba volontairement le rebord. Sans même fermer les yeux. Elle chuta droite comme un javelot sur le sol de la cour. Ses deux jambes se brisèrent, son fémur gauche lui traversa les mâchoires, et la mort lui coupa le souffle sans la complicité du virus.

Cess accourut trop tard.

Des sanglots lui secouaient si vivement les épaules que Nino crut la voir se mettre à danser.

Samedi 18 février - 10 h 15

Échange téléphonique entre le commandant Cardona responsable de la coordination du dispositif Orsec et le capitaine Leroy dirigeant les effectifs de police sur place :

C. C. : *J'ai une bonne nouvelle !*

C. L. : *Je vous écoute...*

C. C. : *Les combinaisons NBC arrivent !*

C. L. : *C'est un peu tard... Ce collège n'est plus qu'un charnier...*

C. C. : *Vous les utiliserez quand même pour pénétrer dans l'établissement sans risque ! Et vous comptabiliserez le nombre précis de victimes !*

C. L. : *Bien, mon commandant...*

C. C. : *Des renforts militaires et de la Sécurité civile arrivent aussi de Toulon et de Montpellier pour vous prêter main-forte !*

chapitre 32

Des tremblements impossibles à réprimer. Lila entendait ses os cogner les uns contre les autres. Accroupie sur le toit. Dans l'angle au-dessus de la rue. Avec Karim et les deux 3èmes dont la camarade venait de se jeter dans la cour. Lila de plus en plus recroquevillée sur elle-même. Même ses hanches sautaient-tressautaient-soubresautaient.

La peur, la peur et le vertige, le trottoir cinq mètres plus bas. Le vertige lui faisait tourner la tête et aurait pu la faire basculer en avant mais la peur la retenait par les cheveux. Le crâne dévasté de Zak là-bas sur le trottoir. Elle dit quelque chose que les autres ne comprirent pas tellement sa gorge tremblait, « on va mourir », elle avala sa salive et se concentra pour le répéter. « Merde ! » cracha Nino. Il ne souriait plus, il pleurait, sa copine pleurait aussi, sa copine estimait que descendre par le tuyau de la gouttière était faisable, tu parles, Lila n'y croyait pas, c'était même inenvisageable, mais tous les quatre restaient perchés sur le toit et ils pleuraient en attendant que les flics disparaissent.

Presque pas un bruit. Juste leur respiration. Les hoquets qui étouffaient leurs larmes. Et les os de Lila qui ne cessaient de claquer.

Autant fermer les yeux. Penser à des choses apaisantes.

La mer. Les lèvres de sa mère sur son front. La main de son père dans la sienne.

Son portable sonna. « Maman » sur l'écran. Un signe insondable de plus.

– Éteins ça tout de suite ! chuchota Karim.

Et des sirènes assourdissantes prirent aussitôt le relais. Des camions militaires dans la rue. Fonçant sous leur nez jusqu'au carrefour avant de bifurquer sur la droite vers le portail du collège. Et les flics postés le long du réfectoire et du bâtiment A se mirent à courir derrière les camions. Certains grimpèrent même dedans en route. Et les derniers véhicules du convoi stoppèrent au bout de la rue.

– Maintenant ou jamais…

Cess se mit à plat ventre et rampa à reculons. Ses pieds et ses tibias au-dessus du vide. Ses genoux au-dessus du vide. Ses cuisses et son bassin.

– Regardez bien… Je vous montre…

Son ventre contre la gouttière, une main calée sur un chevron et l'autre agrippant le revêtement du toit, elle dressa le buste et bascula en arrière, ses chaussures ripant sur la façade autour du tuyau d'évacuation, jusqu'à rencontrer un collier sur lequel elle put prendre appui.

– C'est le début qui est délicat… Mais il y a un anneau autour du tuyau qui permet de poser les pieds… Ensuite, une main après l'autre, vous attrapez le tuyau…

Elle tira dessus avant de leur assurer :

– Ça tient… Ça va être facile, il y a un espace entre le mur et le tuyau, glissez-y vos doigts pour avoir une meilleure prise…

Sa tête dépassait encore du toit. Elle ne pleurait plus. Elle souriait.

– Après, c'est simple, il faut tendre les bras et mettre les fesses en arrière… L'idée est de rapprocher vos mains de vos pieds… Et de descendre au fur et à mesure comme ça…

Lila se pencha pour la regarder évoluer. Le tuyau, les anneaux, cinq mètres de haut. Cess atteignit le trottoir en moins de trente secondes.

Karim suivit sans se poser de questions. Vif et agile. Lui aussi déjà en bas.

Trouver du courage. Malgré les tremblements et malgré le vertige. Lila se mit à plat ventre. Nino la soutint par les épaules pour l'aider à franchir la gouttière sans chavirer.

– N'aie pas peur… Voilà… C'est bien… Attrape le tuyau maintenant…

Des flics sortaient des camions en tenue de scaphandre là-bas au bout de la rue.

Les mains de Lila sur l'acier glacé.

Respirer et descendre.

Prudemment-progressivement-précautionneusement.

Descendre et revivre.

Samedi 18 février - 10 h 21

Échange téléphonique entre le Pr Fabre en intervention au collège Rosa Parks et le Pr Berger responsable du pôle « Maladies infectieuses » de l'Hôpital Nord :

Pr F. : *Nous avons réussi à casser la capside du virus pour observer et analyser sa structure. Il est formé de quatre brins d'acides nucléiques. Leur disposition est d'ailleurs assez étonnante…*

Pr B. : *C'est-à-dire ?*

Pr F. : *Je ne sais pas, mais je n'ai jamais vu ça, ces quatre brins dessinent une parfaite croix celtique, vous verrez, je vous en ai fait parvenir plusieurs images par mail.*

Pr B. : *Je suis en train de les ouvrir… Que devient le fœtus qui l'abritait ?*

Pr F. : *Il a trépassé sans attendre notre autorisation. Et tous les agents infectieux qui le colonisaient se sont éteints avec lui.*

Pr B. : *Enfin une nouvelle réjouissante !*

Pr F. : *Oui. Mais le virus a eu le temps d'anéantir toute la population du collège sans épargner personne. Il a même touché des médecins et des infirmières de nos équipes. Je pense qu'il nous a tous contaminés sans exception.*

Pr B. : *« Nous » ?*

Pr F. : *Je veux dire tous ceux qui ont mis les pieds ici sans combinaison depuis hier matin… Et je fais partie de ceux-là…*

chapitre 33

Ils traversèrent la rue au pas de course. Le plus grand d'entre eux grimaçait de douleur car il s'était foulé une cheville en atterrissant sur le trottoir. Sa copine le soutenait par la taille tant bien que mal pour l'accompagner.

La porte de la boulangerie juste en face était grande ouverte. La boulangerie où des élèves allaient parfois acheter de quoi grignoter après les cours. Ils se précipitèrent à l'intérieur. Les propriétaires l'avaient quittée au moment de l'évacuation sans prendre le temps de fermer. De la monnaie traînait encore dans la coupelle près de la caisse.

Ils prirent des pains au chocolat et des parts de flan et les avalèrent sans prononcer un mot. S'agenouillant derrière le comptoir quand des flics équipés de scaphandres passèrent devant la vitrine. Et se réfugiant dans le fournil pour reprendre leur souffle.

L'impression d'avoir vécu des siècles dans un charnier et pas encore certains d'en être vraiment sortis.

Ils venaient d'enterrer leur jeunesse sous tant de sang et de détresse que même leur avenir ressemblait à une galerie souterraine.

L'arrière de la boulangerie s'ouvrait sur une autre rue. Déserte elle aussi. Des voitures abandonnées au milieu de la chaussée. Pas une âme. Pas un mouvement. Hormis des gyrophares qui tournoyaient à chaque extrémité.

Ils se faufilèrent courbés en deux entre les véhicules immobiles et se retrouvèrent devant une laverie aux couleurs criardes.

Un miroir sur le mur. Quatre collégiens dans son encadrement. Leur regard intense dans leur regard éteint. Quatre survivants. Deux 6èmes et deux 3èmes. Deux filles et deux garçons. Peut-être dévastés. Ou peut-être un peu plus vivants qu'avant.

Ils n'avaient plus les visages lisses ou boutonneux qu'on leur connaissait avant. Les jours d'avant, malgré leurs corps et leurs traits différents, on aurait pu dire qu'ils se ressemblaient, qu'ils ressemblaient à tous les jeunes de leur âge, qu'ils ressemblaient même à leurs parents et à tous les êtres humains de cette planète. Plus maintenant. Eux n'étaient plus pareils. Quelque chose s'était échappé d'eux. Ou quelque chose s'était emparé d'eux.

Pas de porte dans le fond de la laverie.

Ils pénétrèrent dans l'épicerie adjacente. Ils contournèrent un étalage de fruits et légumes et longèrent un rayon garni de pâtes et de conserves. Ils se glissèrent dans la réserve. Ils déverrouillèrent une large fenêtre. Et tombèrent enfin sur le reste du monde.

Une rue animée. Au-delà du périmètre de sécurité. Une rue normale. Où des piétons marchaient et où des automobilistes roulaient. Une rue vivante qui leur fit presque aussi peur que tout ce qu'ils avaient traversé jusqu'ici.

– Faut croire qu'on y est… dit Karim.

Ils hésitèrent.

Le monde ou l'hécatombe.

Ils savaient désormais qu'ils vivaient dans une société qui leur cachait ses dangers. Ils savaient que la foudre, le virus ISOLA ou quel que soit le nom qu'on lui donnait, pouvait dévaster un collège entier. Ils savaient que la menace était là, partout, dans le béton, dans les poubelles, dans les boutiques, partout, dans les portables et les cartables, dans les portefeuilles et les publicités et les câbles électriques, sur les écrans et en première page des journaux, partout, même dans les conversations et dans les regards.

Devant eux, autour d'eux, sur eux.

Ils respirèrent doucement. Le soleil hachurait le ciel. Leur respiration ne produisait plus de buée.

Une vieille dame promenait son chien dans la rue. Un couple chargé de sacs sortait d'un magasin. Des gamins attendaient un bus. Un feu tricolore passa du rouge au vert et une voiture fit rugir son moteur.

Ils franchirent la fenêtre avec méfiance car ces scènes anodines leur semblaient receler le plus grand des périls.

Ouvrage réalisé par
Cédric Cailhol Infographiste.

Reproduit et achevé d'imprimer
par l'Imprimerie France-Quercy à Mercuès
en janvier 2015.

Dépôt légal : mars 2015
N° d'impression : 41610/
ISBN : 978-2-8126-0861-2

Imprimé en France